眺望

在深圳湾

《深圳文典》

倾心辑录大浪淘沙始见金的珠贝美文

展示彰显深圳城市精神和品格的大我之作

筹谋时代精神和明日华章的深圳表达

丛书主编 — 陈寅

深 圳 文 典

在深圳湾眺望

胡艳超 / 著

深圳报业集团出版社

总　序

　　历史是最好的教科书，也是最佳的营养剂。

　　1979 年 7 月 8 日，蛇口半岛开山炮响。一时间，深圳上空电闪雷鸣，密集地从天边杂沓而至。南海潮急，伶仃洋惊涛拍岸……仿佛它们要为这片沧桑且沉默的土地，强注生命活力和奔腾乐章。

　　"时间就是金钱，效率就是生命。"一种前所未有的标语，在数千年板结的土地炸响。观念革新不约而同成为此间人们最重要的精神呼唤与灵魂内核。

　　"二千里往回似梦，四十年今昔如浮。"[1] 为了探索和开辟前无古人的经济特区，丰富自己的物质和精神生活，各个时期的深圳人都作过许多贡献，留下了不可磨灭的印记。多年以后，当我们目睹以万亿为计量单位的经济生成，一个边陲小镇嬗变为对标纽约、东京、巴黎、伦敦的

---

1. "二千里往回似梦，四十年今昔如浮"出自宋代诗人范成大《送举老归庐山》，感慨时光流逝。

中国一线都市，我们，究竟能感悟到怎样的城市能量与文化实践？

荡漾于南中国海的深圳湾，恣肆汪洋接纳了东西南北风，因为它们，最有欢欣雀跃的心灵。从特区建立伊始，四面八方的移民为这座年轻的城市带来了丰富的、充满活力的文化因子，各种文化观念在这里交互激荡。深圳经济特区所沉淀的物质和精神财富，正是每一程歇息中、每一眼回眸里、每一步征途上的巨量矿藏。

2021年，时逢中国共产党百年华诞，深圳报业集团出版社秉承主流出版机构的担当，呼应新时代的要求，踵事增华、盛意拳拳，推出"深圳文典"丛书。一曰顾盼历史，倾心辑录大浪淘沙始见金的珠贝美文；再曰铺叙当下，展示彰显深圳城市精神和品格的大我之作；三曰式瞻未来，筹谋时代精神和明日华章的深圳表达。

顾盼历史，初心如磐。深圳本土文化人和第一代移民是深圳精神的拓荒者。穷心南方以南，倾力扎根深圳，他们用精彩文字记录了经济特区艰难而雄放的创业初程。打工体验、移民历程、青春奋斗、城市生活、网络联结……凡此种种，无不缘起于比虚构更精彩的城市故事，并于多样中存在，在流动中发展，从融合中前进。蓦然回首，这片深情的土地仍然激荡着后辈心扉的筚路蓝缕之跫音。

铺叙当下，弹指芳华。编撰"深圳文典"的我们认为，人的认知是一个互相联系又互相影响的总体。知识的掌握与认知的扩充、深化，会带来社会与文明的进步。"深圳文典"将是文艺的、人文的、社科的典籍荟萃。藉此大数据时代，这套文典也将提供值得借鉴的宏观叙事方式，避免信息碎片化，重视思想与实践的关系，构建有关深圳叙事的发现和创新话语。在新世纪里，精神求索者都有一个梦想，让思想本身充满创造力、创新力。

式瞻未来，文脉不绝。根本在于一代代深圳人以典籍为媒，薪火相传；以迭代赓续的波澜壮阔的大特区为坐标，纲举目张，分则独树一帜，集则琳琅满目。与中国改革开放同频共振的深圳写作者致力于弘扬"敢为天下先"的社会与文学观念，张扬"该做就去做"的新的人文精神。

"蓬莱文章建安骨，中间小谢又清发。"[2]"深圳文典"，萌之于特区热土，立之于湾区潮头，为深圳这座年轻城市打上了无限文化魅力和巨大文化能量的烙印。深圳的文化担当意识与文化创新实践，不啻是一城一地的文化探索，更是文化强省、文化强国的深圳实践。

总有一些文字记录并抒写着时代奋进的人们，以及每个个体的理智与情感温度。深邃、灵动、悲欣、凉热……藉此打开的不仅是我们的触感，还有我们的灵魂之窗。优秀的典籍，既是文明时代的共享记忆，也是我

---

2. "蓬莱文章建安骨，中间小谢又清发"出自唐代诗人李白《宣州谢朓楼饯别校书叔云》，表达了豪放与自然和谐统一的境界。

们与历史的精神烛照。

　　我们对以"深圳文典"为名记录这个既拥抱当下、又承载希望的时代怀着深深的敬意与礼赞。不管多少年以后，当我们安居此城一隅，每当我们翻阅"深圳文典"，谈论或者温习一代又一代深圳人闯与创的心路旅程，这些被时光镌刻的篇章，或许能脉动着超越城市天际线的眼界，并引人回味。

陈寅

2021 年 8 月 26 日

自　序

深圳是一座移民城市，我是"深漂"中的一员。

我的老家在湖北黄冈，坐高铁 6 个小时就可以回乡，而过去，来到深圳要经历汽车、轮船、火车的颠簸，辗转很久。其实，从大山到大海，人生的路途历时更久。

我把往来深圳的故事串成一本书，名为《在深圳湾眺望》，力求简短但不单薄、轻松但不轻飘、通俗但不庸俗、尖锐但不尖刻，希望能够传递出一份真诚、温润与美好。

为了这篇序言，我乘深圳地铁 9 号线，走出深圳湾公园站，面朝大海，放飞思绪。

海风拂面，往事如烟。那一年，年轻的我揣着一叠简历走出罗湖火车站，一股带着鱼腥味的热浪扑面而来。我们这些背着简单行囊沿街"扫楼"的求职者，都是带着梦想而来的。要么是信心满满，立志干出一番大事业；要么是寻找机会，找一个赚钱更多的工作；要么是不满足于一成不变，要换一种活法。当然，还有人中意南方的气候，一年四季都可以穿漂亮的裙子。

深圳不是世外桃源。许多"深漂"自认为是哪吒，"我命由我不由天"，理想很丰满，现实却很骨感。人在深圳，如入战场，哪个不经历迷茫、纠结、痛苦，甚至绝望？是的，深圳的机会很多，但是这里藏龙卧虎，"内卷"更惨烈。你看到了腾讯、华为和大疆的腾飞，赞叹无数实干家、创业者的成功，可曾见到过失意者的叹息、失败者的哀痛？

站在深圳湾畔，回望都市风景线，我们要为深圳喝彩。一个城市的辉煌不在于它有多久的历史、多宽广的区域，不在于天然的资源禀赋，而是它的蓬勃精神和无限动力。它能否给予人们希望，让有梦的人实现梦想；能否让每个人都有机会，通过奋斗活出自己想要的模样。感谢深圳给予我们这些。

潮起潮落，日月轮回，走过的路、经过的事、见过的人，历历在目。

大多数深圳人来自他乡，可能是湖北人、湖南人、四川人，或者是东北人、河南人，也可能是全国任何一个地方的人。移民文化赋予深圳敢为人先的基因和海纳百川的情怀，同时原乡和传统也给予我们奋斗动力和精神营养。深度融入这座城市后，紧张、拘谨和不安逐渐释然，置身繁华的都市，我们开始从容自信，心生美好。"来了，就是深圳人"，"心安之处就是家园"。但是故乡依然让我魂牵梦绕，走过千山万水仍要记住根在哪里，家是起点，是归宿，是所有的动力。纵有百转千回，莫忘爱的传递；爱是给予，是回馈，是人间的最美。此刻，乡愁如海面飘荡的云彩，温馨而朦胧，遥远而亲近。

作为一个摄影爱好者，我走过不少地方，见到各色族群，外面的世界很精彩，外面的世界也有无奈。镜头里，有喜怒哀乐，有悲欢离合。改变命运、享受美好生活，是人类共同的愿望，是同情共振的人性。但是，十根手指有长短，由于先天条件不同、后天机遇各异，人与人达到的高度和理想实现的程度千差万别，但这又何妨？只要你心怀愿景、脚踏实地，摸爬滚打过，尽心尽力了，你就拥有值得欣慰的人生，就有属于自己的成就，就可以无怨无悔。

　　静心想一想，从自然界到人类社会，哪有终极的境界和完美的时空？正如镜头里的梧桐山，云蒸霞蔚，风云变幻，但动中有序。那山顶上的云雾，居高临下，踌躇满志，自有它的精彩靓丽；一旦阳光和温度变化，有可能化成骤雨，潸然落下，烟消云散。那山腰间的云雾，匆匆忙忙，左冲右突，你挤我，我挤你；奔波是它的常态，辛苦是它的宿命，一旦轻风徐徐，它们缓缓飘动，与山缠绵，也尽显美好。那山脚下的云雾，它们被厚重的山坡阻挡，被山间的树木羁绊，欲上不能，徘徊无助；但它们不言放弃，蹄疾步稳，与青葱山水、高楼大厦融成一幅生动的画卷，何尝不好？

　　希望您认可这本书。

　　是为序。

目　录
CONTENTS

第一章　人在深圳

002　你好！深圳

005　人在囧途

012　选秀

016　隆江猪脚饭

020　寂寞的喧嚣

024　台风即将来临

027　荔枝熟了

031　白猫与黑猫

035　弯拐得有点儿大

038　人在蛇口

041　女孩的心事你别猜

046　三分钟

048　摇晃的陆地

053　安然和贝塔

057　狗无言

060　胡同好大雪

064　不离婚了

067　街角咖啡屋

070　风起微信群

074　彩云飘逝

目　录
CONTENTS

第二章　梦里家园

080　浴佛井

084　流逝的梅川

088　大山里的茅屋

094　大垸里的老屋

098　大冲边的旧屋

103　大江东去

107　往事如烟

111　"双抢"来了

115　菜中有蛆

118　大哥进城

122　大伯是老兵

125　鲜活的小贩

129　灯火里的小镇

132　流浪狗小白

135　碉楼女人

139　秋穗

143　黄梅戏的源头在哪里

146　天堂寨，在心中

149　让他三尺又何妨

153　妈妈笑了

第三章 远方不远

160　是什么留住你们的脚步

166　珞珈情牵敦煌

171　血色河西

175　走进金门

178　扎朵那，在路上

181　雪落小镇

185　云过拉萨

189　喀纳斯冰湖救马

193　雪里金丝猴

197　藏餐馆

199　自然醒

203　迷失威尼斯

206　犹太哥们儿吉姆

210　金丝雀码头

213　伦敦地铁

215　妈妈不信邪

218　简的爱

221　奈良的鹿与故乡的鱼

224　在深圳湾眺望

第一章　人在深圳

第二章　梦里家园

第三章　远方不远

你好！深圳

"这是谁呀？谁放进来的人？"一个身材高大、穿着西装的男人走进公司大堂，还没人来得及接话，他就直接冲到闽捷面前："你是怎么进来的？！"闽捷没有想到的是，他是对方愤怒的缘由。

闽捷惶恐地迎接对方暴风雨般的怒火。"你穿着没领老头衫，趿着人字拖鞋，踩在我们厚厚的地毯上，想干呀？"

"不好意思，我是来报到的，新员工。"闽捷怯懦地回答。

"新员工？有这样的新员工？"问者很诧异。

是的，今天能踏进公司的大门，对闽捷来说，也出乎意料。

电子学校毕业后，闽捷接到了分配通知，去老家城市郊区的一个工厂。父母说能包分配就不错了，咱乡下孩子能吃上商品粮。闽捷却听人说，深圳是一个能找到机会的地方，赚钱容易。背起简单的行囊，闽捷就混进绿皮火车，南下了。

人们都说深圳热火朝天，还真的是热，至少天气湿热，人们发财的愿望更热。对不到二十岁的中专生闽捷而言，燥热的深圳给出的是一次次拒绝，令他冰凉透骨。他手头那么一点点钱已不够支撑更多的日子，这一夜他索性留在公园里，看周边万家灯火，数天上点点繁星，带着凉透透的心情收拾行囊。唉，实在没办法，明日打道回府吧，服从命运安排。

清晨，闽捷被炙热的阳光唤醒，爬起来，见一男士在树荫下打太极。人家显然见到了闽捷在公园过夜的情形，主动问了几句，没想到是老乡。老乡自然也是放弃内地工作来深圳闯天下的人，了解闽捷的基本状况后，写了一个地点，说那个电子企业正在招工。

真是天无绝人之路！不算太远，闽捷拎着背包找到这家公司，在一个临时建筑里，见到了负责招聘的人事专员。开门见山，招聘官问了一些问题，闽捷照实回答，没想到对方说："OK，就这么定了，你尽快过来上班。"踏破铁鞋无觅处，得来全不费工夫，就这么简单？

那就回学校办理改派手续吧，闽捷背起布包，去了罗湖火车站，绿皮火车哐当哐当，带他回到学校所在的城市。假期里的校园人去楼空，闽捷的寝室已经空无一物。没钱住招待所，他毫不犹豫地找到下届同学的寝室，取下破门板，选一个床铺，酣然入睡。

早晨起来，去巷口的摊子吃一碗热干面，最便宜的那种。走在路上，闽捷感觉口干，打开一自来水管，喝了几口水。不一会儿，肚子有反应了，赶忙去上厕所。拉肚子了，必须去医院，幸好校医院还有人值班，吃了些药才好些。

闽捷捂着肚子去校分配办公室，值班的人正在埋头看资料，眼睛都不扫他，听完了请求，才冷冷地明确告诉他两个选择，一是遵循分配指令回家乡，二是交4000元改分配方向。闽捷说："我连40元都没有，何况这金额相当于一个教师两年工资总收入。"

"那就没有办法。"一副公事公办的面孔。

闽捷坐在办公楼的台阶挠头，忽然站起来，去找班主任郭老师，他人不错。

"你一点钱都拿不出来？"郭老师问。

"实在没钱，父母在乡下种地，仅供糊口。"

"用人单位能出钱吗？"

"不能，他们能接收我就不错了，我又不是一个高端人才。"闽捷有自知之明。

老师叹了一口气，说："我懂的。"于是抓起电话，一通了解、说明、求情，并且亲自作保证。第二天，再一次到分配办，签了一系列文字材料。拿到了放行的文书，闽捷觉得自己是一只从笼子里飞出的鸟儿，满心轻松。

在去深圳的绿皮火车上，听着有节奏的车轮声，闽捷仿佛就在交响乐《欢乐颂》的旋律中，他虽一无所有，但拥有梦想。

……

此刻，公司大厅的呵斥声惊醒梦中人。来人是公司的副总经理，衣冠楚楚，对公司规章要求严格，确认了闽捷的新员工身份后，他语气平和了些："你应该穿得正式一点儿，这是你个人的形象，也事关公司的形象。"

"是的是的，我懂的，只是我实在没钱了。"闽捷说出实情。

"先带他去食堂吃饭，然后让财务预支600元。"吩咐老员工后，又转头对闽捷说，"你去添置衣服、鞋子和日用品。另外，记得买一辆自行车，从员工宿舍到公司要骑车。"身材魁梧的老总此时细腻得像一位慈母。

走出大门，天高云淡，闽捷抬头望去，赫然看见一幅标语：祝福深圳，1988，龙年大发！

人在囧途

1992年，那是一个春天。

吉扬听同学说，深圳经济特区改革开放如火如荼，遍地都是机会。眼看就要大学毕业了，"双向选择"其实就是不包分配，出门闯闯吧。四个同学相邀而行。

出门需要盘缠，爹娘在农村"修地球"，一分钱也给不了，每月助学金仅仅够糊口，口袋空空如也，好在同学的父亲给借了200元。

200元显然不是充足的保障，省钱从车票开始。吉扬先得坐火车去商都，在本地混上火车不成问题，但行车途中会面临查票。他们事先考虑过，一旦发现有查票的苗头，他们就分头往厕所里钻。有惊无险，他们顺利地到达商都站。下车后不检票出站，他们直接混上了前往江城的列车。

吉扬站在两车厢连接处，被哐当哐当地摇晃得沉沉欲睡，忽然警觉前一节车厢有查票的动静，便守在旁边厕所门口，还好，有人出来。吉扬迅速钻进去，锁上门，静等查票人员过去。"咣咣咣"，有人拍门，吉扬心想是不是有人急着上厕所，管他呢，其他车厢还有厕所嘛。"咣咣咣"，拍门声

更大了，而且持续。"出来吧，我是工作人员。"听到这，吉扬只好打开门。穿制服的人问："干吗呀？这么半天不出来？"

"这不是在上厕所吗？"吉扬做出系裤带的样子。

"废什么话，查票，票呢？"

"票在行李里面，我去取。"吉扬尽可能说得理直气壮，并且往前走了几步，脚踏在座位上，尽力地做翻包取票的样子。查票人不等吉扬找出东西，径直就往前面继续查，吉扬舒了一口气，算是过关了。

如法炮制，吉扬一行又由江城挤上了前往深圳的火车。这次吉扬有点小幸运，几位南下打工的老乡听说他是名校学生，很热情地挪挪位置，让出半个座位给吉扬坐。他乡遇老乡，大家自然用方言聊天。穿制服的查票人到了眼前，吉扬已经跑不了，老乡们都验票了，只有吉扬掏不出票。老乡们帮着求情，说这是我们家乡的人才，现在是名牌大学的学生，通融一下呗。

"坐车买票，谁都应该遵纪守法。"工作人员说，"你看看，老乡工友们都买票了，你一堂堂大学生居然逃票。麻烦去餐车，等候处理。"

到了餐车，并没有见到其他仨哥们，吉扬明白他们都及时躲进了厕所，工作人员说没关系，把车票补上就可以了。吉扬说实在没钱。车到站，吉扬被移交给了车站派出所，警察问了情况："大学生，来找工作，有学生证。票是必须补的，按起点站算，补24元。"警察又让他看墙上的告示："进深圳经济特区必须有特区通行证，否则送到东莞樟木头，等待遣返。"

"我不知道要办特区通行证，那怎么办？"吉扬怯怯地说。

"走吧。"

"去哪儿？"吉扬问。

"想去哪儿就去哪儿。"警察朝外扬扬手。

吉扬心中大喜，哧溜地走出值班室，生怕稍有迟疑被留下来。其他三人不知道在什么地方，吉扬想还是找一个便宜地方住下。走到一个旧巷里的招待所，前台说必须先验特区通行证。吉扬解释："警察都让我进来了，你们居然不让我住招待所！"沟通无效，吉扬只能背起行李离开。

去哪儿呢？出发前，吉扬四人约定，如果走散，早七点在火车站门口会面，所以他不能走太远。晃了一大圈，找个小店吃碗面，天渐渐黑了，吉扬物色到一个人行隧道，虽人来人往，但边角地方有一空地，足够他躺下。他把背包当枕头，很快就呼呼大睡了。

吉扬本不介意来来往往的脚步，但半夜时分他被人用脚踢醒，迷迷糊糊睁开眼睛，发现是四个穿警服持警械的人，问："你是谁？怎么睡这儿？"

吉扬爬起来，掏出身份证和学生证，说："学生，大学生，来找工作的。"

执勤人员看了一下他的学生证，交换一下眼神，点点头，说："睡这儿不安全，明儿还是找一个住宿的地方，注意安全啊！"

天亮了，四个哥儿终于在车站广场会合了。有人拿出一个已经在深圳工作的师兄的地址，打算投靠他。师兄把他们带到一间空房，可以暂时住下。空空荡荡的房子，没有任何家具，他们弄来一些空纸箱，拆开后铺在地上，这就是床铺。住的问题解决了，他们各自买了一箱方便面，早晨吃完方便面后，出门找工作，中午不吃饭，傍晚回来再吃一顿方便面。

找工作就是"扫楼"，他们分头去一些商务大厦，从高到低，一层层派简历，至于效果嘛，谁知道呢？"扫楼"过后，吉扬又累又饿，走进一公园，背靠一块石头，迷迷糊糊地睡着了。

"哎，你怎么大白天睡这儿？"一个三十多岁的男人拍醒了吉扬。吉扬说我是大学生来找工作的。男人语调温和起来："哎哟，找工作呀，现在深圳找工作要靠关系，随便递简历不管用的。"

"那怎么办？"

"我看你是个不错的学生，我帮帮你吧。我有一个朋友在派出所，路子广，就在附近，你有简历吧？我带你去找找他，一定行。"男人热情且信心满满。

吉扬高兴得不敢相信，跟着男人往前走。在路口处，男人说："你在这里等着，我先去沟通一下，免得太唐突。"又做思考状，说："怎么说也要带点儿见面礼，你手上有多少钱？"

"我……我……只有几十块钱。"吉扬说。

"算了算了，看你一个学生哥，没啥钱，拿20块钱，买包烟吧。"说着就从犹犹豫豫的吉扬手上拿走一张纸币，快步走开了。

吉扬心里没底，等了半天不见人影，终于明白被骗了。

痛定思痛，觉得还是"扫楼"靠谱点儿。其中有一家新银行名为"深发展"，对方留下他的简历、身份证和学生证复印件。听人说这单位比较俏，听天由命吧。

这次出行名义上是实习，吉扬总算找到一个接收单位，是一家玩具厂，公司在八卦岭，宿舍在泥岗村，每天走路上下班。工作倒是很实在，流水线上不可或缺的环节，吉扬感觉到了卓别林电影《摩登时代》的节奏。

干了两周，该回校了，没有拿到一分工钱。老板挺客气，笑容满面地说："大学生吃点儿苦好，增长才干！请你们吃个早茶，这可是广东特色，你们没有见识过。"老板还大方地送了他一个玩具，招财猫。这是吉扬第一次打工的全部收获，多少年来，东奔西走，吉扬始终将这玩具留在身边，看它憨态可掬的样子，回想那段日子。

回程仍然是坐火车，囊中比来的时候更羞涩，四个哥们又在琢磨省钱。在罗湖火车站，没票是不能进站的，光买站台票不让进。于是他们买两张车票和两张站台票，计划其中两人上车后，再从车窗把票递给持站台票的人。上车后，吉扬傻眼了，这是空调车，窗户是密封的。急中生智，吉扬打招呼让同学到车门口，挥手高喊"再见"，两手相拍的过程把车票交给对方，同学从另外一个车门验票上车。

咣当咣当，火车穿过阳光走向黄昏，沉浸在黑夜。吉扬在忐忑中昏昏沉沉，半梦半醒。黎明时分是最疏于防范的薄弱时刻，吉扬在朦胧中被摇醒，查票！这一次没有退路，他们直接被带到餐车。

"补票吧。"

"我是学生，实在没钱。"

到了洪州站，吉扬被交给车站管理处，两位中年男人见怪不怪，教训几句后，直接翻找行囊，可怜包中除了几件换洗衣服之外只有一本英汉词典。

"我就不信玩不过俩小孩！"一人咬牙切齿地说。功夫不负有心人，词典被翻了个遍，夹在其中的50块钱被找到。"念你们是学生，不罚款了，补全价票。"

出了车站，吉扬感觉自由了，虽然一无所有。天还没大亮，他靠在车站广场的台阶上沮丧地打个盹儿，忽然感觉身边窸窸窣窣的，原来是有人伸"第三只手"。吉扬没好气地说："摸吧摸吧，只剩下三五块钱。"那人很无趣地走了。

　　从洪州回学校所在的城市还好远呢，大家商量坐汽车回去，但手上的钱不够买全程的票，那就买半程车票吧。

　　终于可以大大方方地验票上车了。在明媚的阳光下，城市、乡村的房屋和树木都一一抛在身后，烦恼郁闷也抛到脑后。

　　中途站到了，司机说："你们四个该下车了。"吉扬等人翻开空空的口袋，摊开双手，说："我们是大学生，去深圳找工作，已经山穷水尽，一分钱都没有，您通融一下呗。"

　　司机摇摇头后又点点头。

　　回学校后，一个普通的日子，门房大爷朝楼上喊话："吉扬，电话，深圳来的电话，深圳发展银行！"

选　秀

　　骁勇走进球场时，部门领导马图已经与公司总经理王总开打了，球网两端站了一些观战的人。

　　王总五十岁左右，步伐还算灵活，马图约四十岁，身材瘦高。在大家的叫好声中，王总连续扣杀，马图身高臂长，屡屡将球救起，毕竟是上届正选队员。昨天，马图找到骁勇，说公司选拔队员组队参加全市比赛，让他露一手。毕竟在大学里拿过全校第三名，看到这俩老总的招数，骁勇心中有底了。

　　在赞扬声中，王总以21：18险胜马图，同事们递上矿泉水和毛巾，交口称赞王总的球技。马图拍拍骁勇："过来，给领导问个好。"然后向王总介绍了一下："这是我部门新来的小莫，莫骁勇，在大学是校队的，请领导检验一下他的成色。"

　　王总笑着说："初生牛犊不怕虎，年轻好。"说完就开打。

　　王总让骁勇先发球，骁勇发了一个高的后场球，王总回拉高球，按常规，对手会回一个或左或右的高远球，骁勇竟在底线位置双脚起跳，生生地打一个凌空劈杀，直接得分。第二个发球，骁勇轻拔一个短球，王总回球后，骁勇后拉前吊让王总来回奔跑，回球出界。

骁勇没有注意到马图脸色铁青，打到10：2，马图喊暂停，让王总喝口水。马图安慰道："王总您发挥得挺好的，技术上高于对手，只是体力上差一点儿，另外是稍欠些运气。"

王总已经是满头大汗、气喘吁吁，顾不上回话，回到场地继续开战。毕竟是有多年球龄的领导，他的心不乱。场上的局面略有改观，一旦王总得分或打出好球，喝彩和掌声就响起。骁勇觉得比分优势足够大，也就有所放松，最后以21：11完成了比赛。

走下球场，王总迅速被大家围起来，称赞其宝刀不老，尤其是后半场发挥得很好，今年的参赛选手中少不了领导，赞他仍然要当中流砥柱。王总累得够呛，敷衍了几句，说："你们继续比试，选拔出最优秀的选手，今年要在名次上再上一个台阶。我还有一个会议，先走了。"

马图微笑地送王总上车后，转身回到球场，一脸严肃地问："骁勇在哪里？让他过来，同我练练。"

于是找到正在兴奋中的骁勇，骁勇笑问："马总是要与我打一局？"

"废什么话，开干！"马图说。

仍然由骁勇开球，马图回球骁勇的反手高处，这个方位再无可能凌空杀球；骁勇以高远球回拉，马图正手貌似拉远球，但击球一瞬间手腕轻抖，竟变为擦网而过的斜线吊球；骁勇急奔挑球，却被马图将球拍向后场空当区。得分！观众欢呼雀跃。骁勇觉得马图瞬间神变，前面那个与王总打"老年球"的他变成了一个劈杀、轻吊、左右开弓的狠人。骁勇激出一身汗，尽最大努力奔跑攻守，但最终以10：21败下阵来。这一次大家簇拥的是马图，姜还是老的辣，马总太牛了！

马图喝了口矿泉水，响亮地对大家说："大家按计划捉对比试，选出技术水平和心理素质最好的选手。刚才王总说了，今年我们要更上一层楼。"

大家散开后，马图招手让骁勇跟上他去大门外。

"小伙子，我们单位是做什么的？"马图问了一个似是而非的问题。

"做金融业务的，马总。"

"不是大学，也不是运动队，是讲业绩、讲规矩的公司，知道吗？"

"知道的。"骁勇说。

"你认为陪领导打球最重要的素质是什么？"

"是球技，把专业水平表现出来，让领导认可。"

"才不是球技，是演技！你知道有多少高手陪领导打过球？校冠军、市冠军、专业运动员，甚至世界冠军。你几斤几两？让你陪领导挥几拍是给你面子。"马图越说越生气。

"谢谢马总！"骁勇领首。

"我是要让你把领导往死里整吗？"马图吼叫，"你一上场就像一匹脱缰的野马，两眼通红，玩命地干。领导打高远球过来，我心想，可别杀，可别杀，你怎么还真的杀了。"

"我是习惯成自然了，见到这么合适的球，忍不住就扣下去了。"

"你是扣下去了，我们部门在领导心目中的地位也一落千丈，"马图朝宣传板踢了一脚，说，"你还把王总调动得左奔右跑，告诉你，得罪了领导，将来左右为难的是我们。"

骁勇想象不出有这种关联。

马图继续发泄自己的情绪："咱部门还有不知眉眼高低的，为你喝彩，猪队友啊！看看人家部门的人，拼命为王总鼓劲，大凡有一丝亮点就叫好。我是让你来给领导展示我们部门形象的，不是让你来自己爽的。看到王总的表情没？他没有换衣服就走了。"

骁勇心想：这个真的没有注意到。

"最可怕的就是你毫无意识，比赛结束了你不向领导致敬，却跟小妹妹吹牛，说什么赢不是目的，目的是赢多少分。告诉你吧，给你'穿小鞋'不是目的，目的是让你穿着这双小鞋走多远的路！"

这么一说，让骁勇觉得自己今天捅破了天。

马图长叹一声："算我倒霉，这次选拔队员，你和我都没戏了，咱们部门的日子也难过了！"

两天后，参赛选手名单出来了，马图和骁勇名列其中，王总不再担任参赛队员，改为领队。

隆江猪脚饭

独自走在街上，想着怎么吃午饭，抬头见到"隆江猪脚饭"的招牌。

猪脚饭于我是极具诱惑的，小时候家贫，只有过节过年才可以尝到肉味，骨子里馋肉，尤其是如猪蹄膀之类。眼前场景十分诱人，猪蹄膀饱满丰盈，色如琥珀，油亮光润，香气溢出店门。肥而不腻、外焦内糯、满口生津的记忆，一下涌上来，而关于超重、痛风、血脂高的警告，暂且放下。

店内面积窄小，长条台几和小圆桌已经坐满了人，有家长带着孩子的，有在周边公司上班的，还有劳务工兄弟。点了一份猪脚饭后，我退到店外，找到一个小圆桌坐下。同桌有两人正在用餐，一个是中年男人，衣服扣得很整齐，上面写着某某装修公司；另一个年轻些，光着膀子，裤子和皮肤上点缀着石灰白。

"加不完的班，干不完的指标，还不尽的房贷，吃不完的猪脚饭"，这是深圳打工人的生动写照。听中年男人的口音，是老乡，便聊起来。前些日子我回老家，村里基本上只有老人家和少年儿童，年富力强的人都出外打工，种庄稼的收入实在微薄。老乡点头，不管怎么苦，在城里赚的钱还是多些。

年轻的工友不以为然，说："最可怜的还是劳务工，扣除吃穿住行，所剩无几。更恼火的是，工钱经常被拖欠。"

"为什么呀？"

"包工头说东家没有及时付款，其实是忽悠我们的。"工友说。

我说："你们可以依法维权呀！"

年轻工友哼了一声："啥依法，别把老子逼急了！"转身去续饭。

手机上播放着《舌尖上的中国》视频：各种卤水中，尤其爱隆江猪脚，这其实是猪肘子，而且是走地猪，皮下脂肪丰盈醇厚，大师傅在小火慢炖的锅里，一刻不停地用卤水淋浇，直至油脂尽除，汁味尽入。肥瘦适宜、软糯可口、油香下饭的口味特点，使猪脚饭俘获了大批受众……

店老板将猪脚切块装盘，搭配翠绿的蔬菜，卤蛋开成两半像花瓣一样，还有开胃解腻的酸菜，最后浇上一勺灵魂卤汁，然后端给我。我急不可耐地下筷：猪脚颜色红润，卤香浓郁，猪肉软糯咸香，入口即化，胶质感很强，甚至有点儿嘴唇被黏住的感觉。

原谅我的不厚道，吃隆江猪脚饭时我感到满足和享受，有时候，在工地上看工友们吃盒饭，我都会咽口水，因为里面有肉、有油水，这是刻在基因里的饥饿感。如果不是那年连滚带爬考学进城，如果不是那年咬紧牙关南下深圳，今天的我也是一个地道的劳务工。

"隆江"是广东揭阳惠来县一个小镇，自古就是一个重要的滨海小港，聚集了许多挑夫贩卒，他们体力消耗巨大，需要顶饱、热量高且便宜的食物，猪脚饭满足了他们的渴望。

深圳市区寸土寸金，餐馆的菜价被房租推向高位，能在附近找到18元一碗有菜有肉的猪脚饭，无疑是打工人难得的一种抚慰。有人细算了一下：一份猪脚饭，100克肉、300克米饭、50克配菜，总热量约800卡路里，堪称脂肪与碳水的双重炸弹。饥肠辘辘的打工人既饱腹又解馋，隆江猪脚饭就此在深圳街巷繁衍起来。

年轻工友搅着卤汁吃完米饭，又去盛一碗稀饭，免费的。放下碗，他拎起泥瓦刀离去，孤独而偏犟。我希望他有好的订单，及时收到工钱，有一分平和的心境。

趁着空闲时间，店老板过来坐下，与我唠嗑几句。这是一个人的小店，他从早晨5点干到晚上9点，全年365天无休。

"一个河南人，怎么选择做隆江猪脚饭？"我问他。

他约莫35岁，儒雅得像一个学者，回答我："在深圳，英雄不问出处，只要你能给人提供价值。做猪脚饭，顾客方关注性价比，简单地说，就是便宜、好吃、顶饱、便捷。餐饮方考虑的是低门槛、薄利多销。通常是夫妻店甚至单人店，投资小，低成本，'傻瓜式'操作。"

我看过他的出餐流程，简单迅速：蹄膀切块剁碎，提刀铺推在米饭上，夹上一筷子配菜，最后再浇上一勺热卤汁，手快的时候，一套流程下来只用10多秒钟。

正说着，两个穿橙色工服的工友走来，老板热情地打招呼："过来吃饭吧，猪脚饭，干饭稀饭免费续。"两人犹豫了一下，继续前行，是不是觉得贵？

"生意怎么样？流量还可以嘛。"我问他。

"还行吧，否则就不会维持着。"老板说，"这段时间生意转清淡，可能与旁边梅林中学装修有关，学生们都到其他地方去了。"

说起梅林中学，我想起了一个很有名的学生，网球运动员王欣瑜，刚刚获得奥运会双打亚军,个人世界排名跻升至30位。老板说:"不容易啊!哪个人的成功不是打拼出来的?运动员很辛苦的。"又浅浅一笑:"说不定她曾经在这里吃过猪脚饭呢,咱也有一份贡献。"

"老板,来一大份的猪脚饭!"说话的是一个背球包的年轻女子,她的身姿轻盈而富有弹性,透露出自信和魅力,一看就是热爱运动、乐观开放的人。看来光顾隆江猪脚店的不只是低收入人群。

隆江猪脚饭,抚慰着劳动者,滋养着普通人。

寂寞的喧嚣

种一株菩提，用真心栽培

人在天涯，兄弟姐妹

捧一朵莲花，敞开你心扉

相逢是缘，笑容纯粹

……

是谁在播放陈雪燃编曲的歌？安萍推开单身公寓的窗户，此刻是正午，炽热的阳光倾泻到CBD的摩天大楼和大街小巷，车流和人流把《天下广济》这首歌的清凉意境搅得荡然无存。再一次检查电脑上的PPT，安萍确认这些图文并茂的讲义没有瑕疵，拷进U盘装进了手提包里。作为一名行为艺术讲师，安萍每一次出门都是自信中略有忐忑，这次的演讲增加了一些新元素，应该有更好的反响吧？

奔驰C级车是刚换的新车，但与安萍似乎是一见如故。这些年，摆脱挤公交的宿命后，从起亚到丰田再到奔驰，安萍感觉最踏实的伴侣是这些小汽车，它们给你方便、给你安全感、给你尊严，比那些不靠谱的男人强多了。

母亲每次催婚都增加一分压力和不痛快，三十岁的人了，这些年一直是坐在爱情的岸边看青春流逝。好在有满满的工作充实着她、推动着她，在别人眼里，她是一个拧紧发条的职业女强人，干练而洒脱。

停车入库，安萍被电梯从地下室一下子提升到几十层高的办公楼，一个普通女孩成为一个点悟人生的讲师，是不是也有这种升腾的感觉？

我能！我能！安萍暗暗地为自己打气。推开教室的门，安萍就置身于台下一道道渴望的视线中。

今天的主题是"如何实现有效沟通"。安萍说："时代的发展表面上增加了人们之间的沟通手段和效率，事实上，也阻隔了人与人之间的交往，我们貌似亲密无间，其实是相互分割。今天，我们就讲讲有效沟通，从问题、原因和解决路径上，一个个地进行案例分析。"

课堂互动和分组讨论比较活跃，毕竟都是有职场经验的学员。安萍注意到，一个叫小米的女生显得有些拘谨，她特意给予激励。下课后，小米主动走过来，说："安老师，您的课讲得太好了！您列举的许多心理问题我都有，但是要克服和突破还是很难的。"

安萍想获得有价值的一手信息，于是坐下来，听听小米的故事。

小米成长在一个单亲家庭，自由恋爱的父母在她幼儿园时期就离婚了，原因是父亲比较正统，而妈妈则比较任性，受不了那些条条框框。小米跟着母亲生活，也随着母亲的情感经历而起伏不定。母亲除了痛恨父亲的无情，还灌输天下男人都不可信任的观点。小米大学毕业后，几乎不假思索地奔向南方，逃离不堪的家乡和过往，追求自由自在的生活。

"自由了吗？"

"怎么说呢，应该是没有什么人直接盯着你、控制你。"小米以自己的专业能力和形象气质获得了谋生的岗位，也获得了男生的追求，旁人看她是顺风顺水、漂亮潇洒，可她时常感到深深的孤独。即使在与男朋友如胶似漆的日子，也被孤独笼罩着，建立不了信任，没有安全感。她在放弃和重建中摸索，希望得到内心的安宁，可一次次失败。

"我是不是患了抑郁症呀？安老师。"忧伤写在小米秀美的脸蛋上。

"够不上抑郁症，但心理不健康，应该可以矫正的。"安萍说。

"太感谢您了，如果老师有时间的话能不能给我一个面子和机会，去吃个晚餐？"小米说。

安萍难得有空，欣然答应。

俩美女在一个日式料理店里选了个雅座。安萍注意到，现在的餐馆特意设计了小单元的餐台，供两到四人，甚至有一人独用的。

她们讨论了年轻一代的困惑和出路，从过去到现在，从国内到国外。

"我多么希望能够像您一样，心态沉稳，阳光大气，积极豁达。"小米羡慕地说。

"你也会达到这种状态的。"安萍努力把信心传导给小米。

"姐，今日是周五，咱们去放松一下吧，减减压。您也是够累的。"小米说。

"怎么个减压法？"安萍问。

"对街有一个酒吧，网红打卡地，您也去体验一下。"小米的语调带着请求。

为什么不？安萍心想，她成天让别人放开自我，自己却不曾越雷池半步，再说酒吧也不是洪水猛兽。"好吧。"她点头同意。

这是一家重金属音乐酒吧，推开门差点儿被声浪冲回来了，安萍随小米穿过迷乱的光和晃动的人，找到一个位置坐下。有的人悠然地坐吧台前摇晃酒杯，有的人在角落里默默地翻看手机，有的人则在音乐和灯光里摇摆。安萍有些拘谨，听任小米点了彩色的酒水和瓜果。光线喷射，诡异迷离，仿佛在搅拌着酒杯中的液体，让人沉醉，让人彷徨。在安萍的记忆里，父母判断和叮嘱过，这些东西都是不安全甚至不健康的，是一条年轻人欲拒还迎的红线。

小米的身姿被七彩浸染得分外妖娆，那张白净的脸已变得桃红，曾经忧郁的眼睛充盈着妖媚。与安萍碰了一下杯，她将鸡尾酒一饮而尽，接受了一个时髦男生的伸手邀请。如同一条美人鱼，小米随光声律动滑向舞区，见不到一丝丝的拘谨、郁闷或悲观。安萍分明看到一束蔫蔫的花朵滋润开来，激情绽放。

究竟谁更寂寞？安萍问自己。

台风即将来临

今天有强台风!

政府部门警示: 停课! 停工! 限运!

正午时分, 天空已经灰蒙蒙, 呈现出苦闷的表情, 街头的树木颤颤巍巍, 仿佛面临大考的学生, 枯叶已禁不住压力纷纷坠落, 在地上旋转着画出圆圈, 这是强台风前的典型状态。

"赶快回家吧, 我开车去接你。"我打电话给妻子, 她在一家分公司当办公室主任。她的回答冷冰冰, 明显带着不快: "走不了, 总公司明天要在省城开趣味运动会, 要求各地分公司相关人员今晚到位。"

"什么?"我很吃惊, "政府已经发出强台风预警, 立即停止不必要的活动, 交通也有限制, 你们的计划应该改。"

"当然应该改, 但决定权不在我们, 我们是执行者、服从者。"

"那你们应该向决策者反映呀!"

"谁反映呀? 总公司总经理一言九鼎, 人人敬畏, 没有人敢说话。"妻子的语气很无奈。

"必须反映！你这是为总公司负责呀！万一路途上出了安全事故，法律要追究，总经理也担当不起。"

妻子很沮丧："其实我已经向总公司办公室反映了，没效果。"

"这个公司有病，病得不轻！"望着窗外开始加大的台风，我心里狠狠地说。

过了一刻钟，妻子打电话来，说，意见终于反映上去了，运动会改期。我心情释然，望向窗外，仿佛树叶的飘舞也舒展些了。

从电梯下车库，已经感觉到风力强大，车开出来时，狂风扑面而来，天空越发阴沉，启动防雾灯，打开雨刮，汽车似乎被大风裹挟着前行。顶着强风开车到妻子办公楼门口，停下来，但见树枝在空中狂舞，落叶纷纷扬扬，或俯冲，或盘旋，似乎想把汽车裹走。

我又打电话催："你现在应该可以下楼了吧？"

她回答说："再等一会儿，分公司一把手正在给我布置几件事，因为他马上要去总公司。"

"什么？这么大的台风，他竟然准备去省城？疯了吗？"

"不是他疯了，是总公司的头儿疯了！"妻子愤怒却又无可奈何，"总经理说有事情要与他面谈。"

"这是什么年代？强台风可以影响交通但不影响通信，用手机和座机沟通，可以清清楚楚呀。你们一个企业，不是什么保密单位，干吗非要人家顶着台风去当面汇报？"我几乎出离愤怒。

"你吼我干什么？"妻子嗓门也大起来，"我也觉得不可理喻！但又能怎样？"

妻子下楼钻进我的车里时，强风把我们的车子摇晃得像汪洋中的舢板，妻子说："总经理最近对分公司工作非常不满，很可能是要当面宣布免职决定。"

宣布一个部下的免职居然要人家冒着强台风去领旨？我感觉时空穿越到遥远的帝王时代。

不远处，分公司经理在大风中弯腰进入黑色奥迪轿车，车子像被鞭子抽打一样催促着启动，消失在席卷的狂风之中。

强台风已经来临。

荔枝熟了

　　连续加了几天班，腰酸背痛，去楼下盲人按摩店放松一下。

　　"师傅，来这个店多久了？"我趴下去后，随便问了问。

　　"才两三个月。"难怪不太熟悉。但手法还行，不是新手。

　　"不过我打算离开深圳，这可能是我最后一次为您按摩。"看不见他的脸，但声音里有表情。

　　"不会吧？在深圳不是挺好的吗？"我有点儿惋惜。

　　"唉！"师傅一声叹息，"日复一日，太枯燥了。回老家去找找机会，也许可以回去自己开店。"这个店的老板也是从盲人按摩起家的，精明得很。

　　"不过我还是挺留恋深圳的，毕竟在这里度过了好多年。前天，我独自摸索着上了莲花山山顶，向邓爷爷告别。"师傅的话语平缓中带着感情。

　　一个视障者竟有这样的情怀！我被感动，想听听他的故事。

　　他出生在四川一个乡村，兄弟多，吃饭的嘴也多，父亲就将他送给一个山东人家。没亲生儿子的养父母对他还是不错的，但其时他已经上小学了，乡音不同，与当地小孩玩不到一块儿，心里老惦记着老家的兄弟们。几年后的一天，他穿上里三层外三层的衣服，骑上自行车去火车站，卖掉自行车，买上车票，挤进绿皮火车回到老家。

"回家后情况怎么样？"我问。

"还是穷。很早就要出门打工，赚钱养家。又较早娶媳妇，生了一个娃后，媳妇就跑了，因为太穷。祸不单行，后来又发生工伤，视力严重受损。再娶一个媳妇，她身体不好，生下娃不久，就死了。我只能靠微弱的视力，拉扯着两个孩子。"

"太不容易了，您就靠按摩养家糊口？"

"是的，这是视障人士比较靠谱的出路。"师傅说，"因为改革开放才有老百姓的好日子，才有盲人的生存机会，所以我特别感谢邓爷爷。"

我问他，离开深圳还有什么遗憾？

"遗憾说不上，"师傅说，"凭劳动赚钱，公平合理。如果说有什么小小愿望，就是这么多年，人们都说深圳盛产各种荔枝，妃子笑、糯米糍、桂味，听名字都甜，就是没尝过。"

"这个不难的，"我脱口而出，"等会儿我买点儿给你尝尝。"

按摩完，已经是晚上十点半了，旁边的华润超市关门了，穿过风雨，我去了更远点的菜场，在一个守摊人那里，用比平常更高的价格，买了一袋荔枝。

我与师傅一起剥开荔枝品尝，把剩下的留给他，师傅用柔软的四川普通话连连说："谢谢！谢谢老板！"

再去按摩店，是三个月后的事。

随机地叫了一个号，我面朝下趴在床上，看不清师傅的脸。

　　我无话找话："师傅过年回家不？"

　　"回，回家的。"口音是川普。

　　"视障人士千里迢迢回老家，很不容易啊！"我感叹。

　　"不要紧的，路上会有好心人帮助的。不是有首歌叫《你是我的眼》吗？"师傅反过来安慰我。

　　"那倒是，世上还是好人多。"我说的时候，感觉有一种温暖。

　　"不过这次我回家就不再来了。"师傅的川普好熟悉。

　　我问："师傅是哪里人？"

　　"四川人，小时候在山东生活过，后来打工去过广西，又到广东。"

　　我心里一紧！"师傅是最近决定离开深圳并不打算回来吗？"我弱弱地问。

　　"不是的，其实我三个月前就提出离深回家，奈何老板极力挽留，店里人手紧，帮助度过年关时节。节后我一定走。"

　　我立时释然，不为风雨夜里那袋荔枝，而是妥妥地确认那些故事和情感是真实的。

白猫与黑猫

　　"妈，我明天休息，您到市区来一趟吧，可以看看我的猫咪。"妈妈看到英姿的微信后很高兴，第二天上午就拎着大包小包，进城了。女儿之所以在CBD中心区租房住，图的就是上班方便。

　　"哇！怎么回事？几天不见猫咪，它白脸变黑脸了？"妈妈一进门就发现不对劲。

　　"哈哈，白脸的乌冬在这儿呢，那个叫荞麦。"英姿恶作剧地在沙发上大笑。

　　笑声中，"乌冬"怯怯地钻进了沙发底下，而新来的黑脸"荞麦"则大大方方地看着来人，眼神亮亮的。

　　妈妈瞬间沉下脸："你这臭丫头，越来越过分了！"

　　英姿已有心理准备，搂起荞麦，摇起它的小脚丫，嬉皮笑脸地说："荞麦，这是姥姥，欢迎欢迎！"

　　妈妈放下手上的大袋小袋，不理他们，蹲在沙发前的地上，找乌冬。

　　"乌冬宝贝，出来出来！"但怎么召唤，乌冬就是不出来。还是英姿在行，伸手往沙发底下一捞，就把乌冬拎出来了。

英姿妈一把将乌冬搂在怀里，当心肝宝贝似的抚摩着，但乌冬却用身姿和眼神表达着勉强，随时准备钻到沙发底下去。

英姿在一家投行工作，属于"白骨精"一类，外表光鲜，但"压力山大"。去年她开玩笑地说想养一个宠物，妈妈斩钉截铁地反对："你那么忙，怎么养？而且宠物会把宿舍弄得很乱。"

说了也白说，英姿我行我素，三个月大的乌冬领回来后，妈妈无可奈何。

剧情反转得很快，英姿妈第一次见到乌冬，尽管费力几次才把它从沙发底下捞出来，乌冬躺在英姿妈的怀抱里，终究相互接纳了。茸茸的，柔柔的，萌萌的，像婴儿似的，很可爱。"这么快就被猫咪征服了。"英姿心里窃笑。

英姿出差的时候，乌冬被送到"关外"的爸妈家里。头一天，乌冬认生，找个角落躲起来，哄了半天才出来。第二天就活泛了，踱着小方步在前院后房视察，仿佛这片都是它的领地。早晨，英姿爸起床出门散步，乌冬欢快地蹦上床，贴着英姿妈妈睡觉，呼噜呼噜的。英姿出差回来，带乌冬到市区宿舍，妈妈心里空落落的。

年底，英姿爸爸笑言："各单位都评年度先进，咱们家也评一评吧。"

"我选乌冬。"英姿妈不假思索。

为什么呀？

英姿妈说："我们家每个人都不错，但仍然有缺点。比方你，做家务不专业，质量一般。英姿呢，做事不细致，马马虎虎。只有乌冬没缺点，温暖、乖巧、友善、干净……"

"得得得，乌冬当选！"

英姿妈想起这些，眼眶湿润了。英姿这丫头做的什么事，乌冬这么可爱，才过来三个月，又领一个眼睛滴溜溜的小黑脸，而且那么宠它，乌冬能不委屈吗？

英姿开导说："我就是觉得乌冬挺孤单的，有个伴会开心些。"

"你怎么知道乌冬会开心？"妈妈嗔怪道。

英姿于是说："刚开始乌冬感觉很不好，它腼腆内敛，而荞麦则活泼开朗，一来就大大方方到处走动，仿佛它才是这个家的主人。乌冬才是先来三个月的大哥呀，所以与荞麦较劲了几天，但没想到这新来的小弟根本不怵，甚至逐渐占上风。吃猫粮时，一猫一碗，可荞麦非要先吃，两碗通吃，吃够了才让乌冬吃剩下的。"

英姿妈又一阵心疼，一边抚摸乌冬，一边念叨"我的乖乖"，十分怜惜。荞麦并不在乎，自个儿拿着玩具在客厅地板上玩，尽兴得很。

英姿看荞麦的眼神充满着爱意，她拿着玩具棒在逗弄荞麦，小家伙敏捷地弹跳翻腾，确实健美。

"你告诉我，你究竟更中意哪个？"英姿妈妈问，语调中有几分不快。

"都一样呗。不过荞麦更活泼可爱些，机灵，黏人，讨好人。乌冬本来就有点儿高冷，现在还有点儿失落感。"英姿说，"不过为了平衡，我有时候会把荞麦关在小房子里，专门在客厅陪乌冬玩，但乌冬的兴致不如从前，有点儿慵懒。"

英姿妈听后，泪珠忍不住落下来。

荞麦马上表现出高情商，像一个乖巧的孩子，放下玩具，走向英姿妈妈，用小尾巴亲切地扫着她的小腿，表达着一份亲昵。英姿妈松开抱着乌冬的一只手，轻轻抚摸荞麦的脑门，小机灵鬼顺势地躺下。

英姿安慰妈妈："您甭担心，我会对它们俩都好的，它们也会慢慢相互适应的。"

"哎，乌冬温顺怯懦，荞麦机灵讨巧。"英姿妈叹口气，说，"这猫和人一样，性格天生，名有各命。你爸忠厚老实，一辈子谨小慎微，勤勤恳恳，始终平平淡淡，事业无成。你姨父八面玲珑，左右逢源，不费力气就拿高薪、住豪宅，混得风生水起。这不是命是什么？"

"妈，您想哪儿去了！爸爸有爸爸的安逸，姨父有姨父的遭罪，哪是您表面看到的这么简单。"英姿说，"好啦好啦，就这两只白猫黑猫，让您想到那么多。"

弯拐得有点儿大

　　"什么？调一个四十多岁的女人给我们？"安宁一个吼声，把自己的方向盘都震歪了，宝马车拐了一个急弯，激出一身冷汗。

　　安宁能不恼火吗？正是冲业绩的关键时点，他给人力资源部提请求，是要配一个得力干将，或者是业务专才，结果给派一个中年妇女，以前还是做行政的。"拜托啦，我这是开疆拓土的市场部门，不是养老院！"

　　回到办公室，小助理就领着一个黑瘦的女人进来。不出所料，果然送来的是"一尊佛"，安宁心里嘀咕，但面部肌肉尽力维持平静。简单地说了一下情况，然后说："您先去熟悉一下吧，包括部门职责、业务流程和市场情况。"说完就匆匆去小会议室开会。

　　项目组正在讨论一个重点企业服务方案，大致了解后，安宁强调："大家要清楚，只给企业提供贷款的金融服务是一种落后观念，甚至是一种愚蠢行为，我们要通过综合化的服务，获得更高的收益，这叫'1+n'。不仅如此，我们还要对一个核心企业深入剖析，将业务延展到上下游企业，获得纵深效益，甚至'羊毛出在猪身上'。"

于是大家就企业状况和服务方式展开更具体讨论，没人关注角落里坐进来一个中年女员工。

这天，小助理拿着几张报表过来说，这是这个月本部门KPI指标完成情况，很不理想！安宁又往后翻，看每个员工的业绩情况，参差不齐！他用手敲敲桌面，说："你去找这几个人，重点提示一下，如果业绩一直这么疲软，那就不只是保基本工资的问题，直接给我走人。"

小助理诺诺地点头，准备退出去，安宁突然叫住，问："那个新来的女的情况怎么样？"

"业绩没看出什么长进，但听说她口才不错。"小助理回答。

"喊，我不要这些虚头巴脑的东西，要真金白银的业绩。我们这里养不起闲人，一刻也养不起，要么达标，要么淘汰！"安宁的火气好大。

团队长王强的火气更大，推门进来就嚷嚷："领导您给我安排的什么人啊？这老娘们，业务不熟，没有客户，而且还端着，自我感觉良好。"

"怎么个感觉良好？"安宁问。

"给我们讲模式、讲未来、讲商道，她以为她是谁啊？神叨叨的！"

安宁不能跟着王强上火，而是降温："你还是先带带吧，观察一阵子，尺有所短，寸有所长，说不定有用。"

市场如战场，吐槽之后，安宁和王强如打了鸡血一样，转身就投入业务开拓和竞争中。

又一天，小助理说，那个中年女员工提出辞职。安宁嗯了一声，欣然签字，心想算是释放了一个包袱。"她去哪里？"安宁随口问了一句，回答说可能是自主创业，安宁心里一笑，这年头号称自我创业的人多得去了，开个小卖部、洗脚店也算创业吧。

　　然而这次不是。没几天，王强又推门而入，说："安总，您想不到吧？我们团队的那个大姐去创业了。"

　　"我知道的，这有什么大惊小怪的？"安宁说。

　　"不是您想象的哟，人家真的是干大事，据说一下子开了几家连锁餐馆，可能还有别的产业，气场好大喔。"王强语调兴奋，全然忘记前些天的蔑视。

　　"真有这事？人不可貌相啊！"安宁被王强的情绪感染，说："你们还不行动啊，咱们与她毕竟是曾经的同事，近水楼台先得月嘛。"

　　安宁和王强于是围绕餐饮业的"1+n"讨论起来，誓言要拿下这个新客户。

　　很快，王强联系到那位女董事长，人家还是给面子的，答应百忙之中见个面。安宁说："你小子行啊，啥事都能搞定。今儿我开车，你就好好琢磨如何营销吧。"

　　宝马快速冲出车库，眼前就是横着的马路，安宁急忙打方向盘，差点儿把车内人甩出去了，王强大喊："安总，您这弯拐得太大了！"

人在蛇口

我与罗奇站在路的两边，他的背后是城市的夜景，我的背后是黑黑的山和树林，我在用手机为他拍照。

一个推着自行车的人朝我喊："快过来！"

"怎么啦？"

"蛇！你脚后跟有条蛇，正盯着你！"

一条约一尺长的草绿色的蛇，正等着我让道，看到我们的大惊小怪，吐了一下舌头，扭头，羞涩地闪进了草丛。有人说，是竹叶青，有毒。好悬！

为了平复心情，约罗奇去喝杯咖啡。

刚坐定，就见桌子上的玻璃板上有句"心灵鸡汤"：您与马老师的差距其实只有一点点。扫码点单，注册就有优惠，点开就有惊喜。"什么玩意！'点点'是这个意思呀？"罗奇骂了一句"三字经"，然后喊来服务员，"两杯热拿铁，付现金！"

"兄弟别那么大火呀！哈哈，好像蛇要咬你似的。"

罗奇窝火不是没有道理。几年前，一个共事多年的兄弟出去搞投资，说有一个专利，可以搞什么新药，天使投资，有巨大的获利空间，风险很小。信了这位洋博士，他把手头上可以动用的钱投进去。可是他忘了这是个哲学博士，对科技的了解只是皮毛。几年下去，从信誓旦旦、鼓舞人心到无声无息。

两年前，另一个朋友在饭桌上满面红光地分享投资成就，即使在股市低迷的时候也获得惊人收益。这一次，罗奇谨慎行事，多方了解，人品没问题，关键是看项目。俨然自己也是金融家和科学家，罗奇认真研究比较，终于又出手了。谁知道政策变了，疫情来了，企业和项目困难重重。罗奇连与朋友联系的力气都没有，不想去碰伤口。

罗奇说："哲人讲'人不能两次踏进同一条河流'，扯淡，我就是不断重复。"于是我们扯起前尘往事。

我们乡下的孩子很小就是劳动力，暑假要为家里赚工分。那个夏天的傍晚，我在稻田里割谷子，当时只是感觉脚面上有一个东西滑过，没有在意，当看到脚和小腿已经胀鼓鼓的时候，才意识到情况严重。我轰然地倒在地上，大声呼喊："哒哒，我被蛇咬了！哒哒，救命啊！"如果不是那么歇斯底里地狂喊，父亲是听不到的。父亲扛起我飞快地跑回家，乡亲们都围上来了，七嘴八舌，乱成一团。有人建议送医院，但距离好远，而且医院也没有解药。有人想到一个土方子，让蜘蛛来吸伤口。于是满村去找，还真找来几只。第一只黑蜘蛛来后，果然大口地吮吸着伤口。那真是万箭穿心，痛彻心扉！我被几个大汉按压在石板上，呼天抢地地嚎叫，拼命挣扎，但挣不脱。母亲还拿着扫帚柄打我的脑袋："傻儿子，这是救你命啊！"

黑蜘蛛吮吸了几口后，便没有动静，死了！周围人说这是有效果啊。

于是又拿来第二只，结局同样悲惨。在我痛不欲生时，第三只蜘蛛又被拿上来，不一会儿也牺牲了。有人说，这样不行呀！蜘蛛数量不够用。第四只上来后，人们让它吸两下伤口，然后放到清水中漱漱口，然后再吸，这只算是坚持得久一点儿。如此折腾，我丧失了嚎叫的力气，好在还活着，没有与蜘蛛同去。于是人们把身体肿胀的我抬上床，听天由命。

人说"一朝被蛇咬，十年怕井绳"，怕归怕，乡下孩子还得继续劳动。又是一年暑假，我与哥哥在田里收抱稻草，又一次惊动了毒蛇，这次我是看清它了，绿色的，尺把长。它朝我的脚啄了一下，迅速逃走了。这么巧，两次都是咬在左脚左起第二个小趾！依然是很惊吓，不过这次有哥哥在场。他迅速背我回家，对我说："不要怕！上次他们折腾蜘蛛是错误的，我懂科学，知道怎么办。"于是他找到几根布条把我的小腿、大腿适度地捆住，防止毒液向心脏扩散，然后用清水冲洗伤口并挤出血水。这次依然很痛，脚和腿还是肿胀起来，但我的情绪比上次稳定多了，我信哥哥。他随后去找土郎中，不知道郎中从哪里采来草药，在嘴里嚼嚼，然后吐出来敷在我的伤口上。卧床一个月后，我再一次站起来了。

常在江湖漂，哪能不挨刀？我们叹世事无常，叹关隘重重，且行且珍重！是回家的时候了，我们推门而出，海风扑面而来，身后是"蛇口新境界"酒吧招牌，霓虹灯闪着奇幻的色彩。

女孩的心事你别猜

年关时节，综合部忙得飞起来，文案堆积如山，会务千头万绪。春晓刚刚拟完一个通知，就接到总监电话："年底了，集团领导要去人数最多的子公司信创，慰问劳动模范和困难员工，你系统安排一下。"

信创是春晓工作的第一站。大学毕业后，酒店管理专业的她被分配到大食堂，做一个基层员工，每天的工作就是洗菜、炒菜和端菜。贾琳是她的工友也是闺密，同一个班组上班，同住一间单身公寓。自春晓被选拔到集团综合部会务组后，她们三年没有见过面，大家都忙，电话和信息联系日渐减少。

春晓给贾琳发了一个微信，告诉她自己要去位于城南的信创的事，希望能有机会见个面。没有回音。

春晓没时间去确认，在这里，她就是快速运转机器中的一个小部件，上下左右，里里外外，忙得焦头烂额。人啊，是一个很奇怪的动物，春晓感慨：静时思动，简单时候期待复杂，但回头一想，并没有绝对的好与差，在机关东奔西跑不见得比在基层扎实做专业好。

春晓把活动要求通知到信创，并对时间、地点、人员和活动内容一一核对。名单上有熟悉的名字，比如她和贾琳很尊敬的劳模袁阿姨，用并不健康的身体付出超乎常人的努力；还有困难户代表老尤，父母、孩子长期住院，生生地把一个有抱负的人困死在磨难中。

凝视着名单，春晓脑子里回放着在大食堂的画面，人潮涌动的就餐大厅，厨房里的锅碗瓢盆像奏起交响曲，身材丰满的贾琳翻炒着大盆菜，凹凸有致的柳思眉飞色舞。每天就寝前，贾琳常对着镜子感叹："咋还是这么胖呢，喝水都长肉。"胖着的贾琳对精瘦的春晓不理解："整天这么累，你晚上还要学习，读书有个屁用？困死了，我先睡了。"

"嘿嘿，在想什么呢？"春晓被同事敲击办公桌的声音拉回现实，"我说姐们儿，你长点儿心眼好不，别只顾忙工作，年终评级要高度重视，如果被评为C档就麻烦了！"

这腔调酷似贾琳，那一年春晓临时代理出纳却又突然被打回原形，旁人不明缘由，只有她自己清楚，某负责人伸出咸猪手，被她断然呵斥。柳思第二天就扭动身姿，走进了楼上办公室，替代了春晓的位置。

贾琳及时地给春晓一些安慰。

"晓，你知道你是怎么被人排挤掉的吗？"那晚刚回寝室，贾琳就急促地说："你太单纯了，有人太无耻！"

"我本来就是临时代理的，没那么复杂。"春晓说。

"傻丫头！人家算计很久了，搬弄你的是非。而她自己呢，好烂！"贾琳愤然，"今天中午我回宿舍取东西，发现一个熟悉的男人背影，悄悄地推开了一间房门。"

"谁的？"春晓问。

"那个小妖精，柳思！"贾琳呸了一声。

"也许是处理什么工作吧。"春晓说。

"有什么工作要在中午到女生的寝室里单独处理？我甚至都听到皮带的声音。"贾琳说。

"哦。"春晓脑子闪现出那张猥琐的脸。

贾琳双手搭在春晓的肩膀上，说："晓，别泄气，有我在，咱们在一起上班挺好的，一辈子的好姐妹！"

春晓的眼泪差点儿掉下来了。

"春晓，发什么愣！总监喊你过去一趟。"春晓从回忆中被拉了出来。

总监叮嘱：这次领导深入基层，活动要安排妥当，既要体现温暖关怀，又要严格符合规定。座谈会后安排一个工作聚餐，就在大食堂里，家常菜，但要讲质量，领导很在乎这个。

春晓把要求传达给信创，反馈说，请放心，一定妥妥的。

这天，春晓随集团的商务车穿过中心区，来到位于城南的信创，没有什么欢迎的仪式，直奔员工食堂。

餐厅布置成会场，春晓坐在靠近门口的座位，方便随时协调事情。抬眼望去，仅仅三年时间，袁阿姨的头发已经花白，老尤的腰背更佝偻了。劳模们的发言充满正能量，困难员工感谢组织温暖。发放慰问金和慰问品后，聚餐开始。

春晓对这地方太熟悉了，所有的场景，每一丝气息，她都有深入骨髓的亲切感。菜端上来了，虽然是家常菜，大锅炒的，但口感和观感都不错。集团领导说："大食堂的饭菜做成这个样子，说明你们很用心了。"

领导很接地气："年关时节，炊事班的师傅也很辛苦，让我认识一下大厨，看什么样的高手如此优秀！"

上一任食堂负责人已经被辞退了，现在是一个新面孔，听完领导吩咐，他移步后厨去请大厨。因春晓坐在靠门口处，负责人谦卑地弯腰请安，并示意出去说句话。

"领导好！我听说过您，我们曾经的栋梁，永远的骄傲。有什么不足请批评。"

春晓粲然一笑："您言重了，我只是一个跑腿的。"又问："贾琳现在是什么岗位？"

"哦，贾琳？她以前是做白案的，现在转为红案，今日的菜就是她主厨，我现在去叫她，让领导们看看我们胖姑娘的光辉形象。"

春晓说："好！代我问她好。"

春晓坐回原位。不一会儿，掌声响起来，信创总经理说："欢迎我们今晚的大厨闪亮登场！"

春晓大吃一惊，亮相的不是那个熟悉的胖妞贾琳，而是一个戴着白厨师帽、壮实黝黑的中年男人，还有一个是穿着白色工服、身材婀娜的柳思。男厨师忠厚木讷，问一句答半句，倒是柳思口齿伶俐，很生动地介绍每一个菜品的做法，并且强调，不是因为今天领导来才这样，而是天天如此。

又是一阵掌声。

柳思退场的时候发现春晓在座，兴奋中更添兴奋，挽着她的手走出会场。

"您知道我见到您有多高兴吗！真的，春晓，您一直是我的偶像，我的骄傲！也是我最亲的姐妹！"柳思的声音从来就是那么感动人。

"您怎么出场了？回到炊事班啦？"春晓问。

"哪里哪里，我现在是财务主管，今天的场面很重要，我来救场的。"柳思回答很从容。

"贾琳呢？她怎么不出来？"春晓有点儿诧异。

"胖妞呀？古怪得很，听说您来了，而且是与大领导一起来视察，很风光，所以坚决拒绝，说宁愿辞职也不露面。"柳思凑到春晓耳边，说："您知道吗？她很嫉妒您的！"

三分钟

村干部把我们引到学校，让我们看看扶贫的成效。

学校已完全不是当初的模样，办公楼修葺一新，运动场像模像样，有篮球架、羽毛球网、乒乓球台、塑胶跑道。应该没到上课时间，孩子们三五成群地在操场上追逐、跳跃。

操场一角是单双杠场地，几个男孩像小猴一样翻爬，我走过去，问谁能做引体向上？"小猴子们"都摇头，但说有人能，谁？七嘴八舌地说同一个名字：耿亮。耿亮在哪里？于是有人在喊，"耿亮——耿亮——"。没有反应，有同学飞也似的往远处跑，去找耿亮，像去请一个超级体育明星。

这边厢我的同事们开始离开操场走出学校，有人挥手示意我走。想起自己小时候曾经精心准备的表演，却等不来嘉宾观看，那份失望记忆犹新。我纠结着站在原地。

很快，耿亮被同学找过来，长相根本没有明星范儿，甚至比不上周边同学，黑瘦土气。人狠话不多，他抓住单杠的立柱，嗖嗖就爬上去，然后抓住横杠，努力地做引体向上，让下巴高过横杠，他目光自信地望着我，仿佛已完成一项重要的使命。

　　我用力地鼓掌。耿亮羞涩地笑了，身边的"小猴子们"也露出欢快的表情，仿佛在说：没骗你吧？我们的耿亮厉害吧？

　　一个同事跑过来，急促地说：大家都上车了，就差你，领导不高兴了！

摇晃的陆地

与第一次见面一样，在同一个餐厅，我与船长面对面。窗外高楼林立，楼宇之间隐约可以看到海，沉静如墨。

一年前也是在这里，船长说："见到乡亲好亲切啊，说家乡话吧。"船长刚刚结束二十多年的海上生涯，被海风打磨的脸黑且粗糙，在这光鲜亮丽的场所显得很特别。

他话不多，在海上常听到的是涛声和鸟鸣，似乎讲话的功能都减退了。他缓缓地说，那时年轻，一声汽笛带着他离开港口，离开陆地，从此随着货轮漂洋过海。日升日落，有无尽的浪涛，却没有可及的浪漫，面朝大海，空有寂寞。

远洋货船虽然是庞然大物，但在茫茫大海中如一片小叶。恶劣天气来临时，情形如世界末日，巨浪高高立起，扑面而来，船体左右摇曳。刚当海员的他翻江倒海地呕吐，吐出肠胃里的全部，再吐胆汁，干呕。人在吐，老鼠也在吐，相看两不厌。

"长期的海上生活会不会让人情绪不好、生出事端？"我问。

　　船长说："一般不会，毕竟是正规大公司的商船，有规矩，有保障，有人情。您是说发生自相残杀的惨剧？那是极端个别现象，同船共渡是前世缘分，何况大家命运与共，同事是兄弟，船长就是大哥。"

　　"关于海盗的新闻不少，你们恐惧吗？"我又问。

　　船长解释："作为大商船，我们有应急预案，在航路选择、通信联系、值班值守等方面做足了准备。如果遇到零星的海盗小艇，我们可以使用防海盗铁刺网、超声设备、水枪喷射等方式击退他们；但对装备精良的海盗，我们要加倍小心，除自救外，还要紧急呼救。还好，这么多年来有惊无险。您知道的，咱中国也有护航队伍，那是我们的坚强后盾。"

　　"不过……远洋船会遇到另一种骚扰。"船长转动一下酒杯，说："到达某些不发达国家的港口，货轮还没停稳，就有一些女性捷足先登，从小船攀上大船，直接挤进船员宿舍。也是够拼命的。"

　　"当船长难吗？"我问。

　　"谁不难呢？"船长说，"船长责任不小，指挥、协调、预判，事无巨细，都得操心。船长手上通常要准备一些美元现金，在某些港口遇到刁难时，不得不打点，破财消灾。总体来说，过去的二三十年全球经济繁荣，是航运的黄金时代，我很幸运。"

　　"为什么不想再当船长？"我好奇。

　　"倦鸟思归，"船长说，"这些年，看上去是畅游世界，其实生活很单调，交往很狭窄。每次回国，我都直奔家乡，妻儿仍然在县城。待上一段时间，再出发，人生轨迹如同单调的线、枯燥的圆。世事如棋变化万千，我们却简单重复，日复一日。上岸，既可以温暖家人，也能够丰富自己。"

　　"公司怎么安排您？"我问。

"暂时给一个虚职，熟悉熟悉情况，机关模式还得逐步适应。"船长若有所思。

餐后握手告别，斑斓的街影下，船长的背影单薄、落寞。

"整整一年了！"船长的声音把我拉回到眼前。

"可不是嘛，时间过得好快。"我们碰了一下杯。

船长一饮而尽，用粗糙的双手搓搓脸，说："今日约老兄，是来告辞的。"

"去哪儿？"

"重归大海，继续当船长。"

"为什么？"

"感觉这一年在陆地上不踏实，摇晃，眩晕。"船长晃着杯中的酒，讲着自己的颠簸。刚登陆那阵子，有点儿像乡下孩子进城，发蒙，蒙的不只是网络八卦、古灵精怪或是是非非，而是办公室文化中的熟悉而陌生、客套而算计、奉承而挖坑。

船长叹了一口气，说："在海船上，工作是具体的、实在的、可量化的，这里完全不一样，苦乐不均，是非不清，一线员工疲于奔命，收入微薄，但有料的人偷奸耍滑，名利双收。皇帝的新装还不能随便说破，有一次领导让发表意见，我实话实说，引来的却是奇怪的眼神。有人说我这船长是在海上待得太久，脑袋进水了！"

船长独自举杯，一饮而尽，说："你看那万家灯火，光鲜夺目，但其中又有多少阴暗和无奈呢？比如说房子，这么高的价格，拿我在海上打拼二三十年的血汗，也无力买一间像样的居所，家人不能团聚，何以心安？"

　　船长目光投向两楼之间的那片海，幽幽之中有零星的航标灯闪烁。他说："好奇怪，这一年我在陆地上总是脚底发虚，完全没有在海上那么从容。在海上，大海属于我，航道属于我，远方属于我。在船上，我有兄弟情谊，我有稳定业绩，我有价值和底气。"

　　船长的脸依然黝黑，身形依然单薄，但此刻，我分明看到一个健壮的身影站起来了，风从他两鬓吹过，浪在前方奔涌，巨轮劈波斩浪，那个内心坚定、成竹在胸的船长，又一次挺立在潮头。

安然和贝塔

　　"安然吗？"打电话的是集团CEO，"你在决策委员会秘书处工作时间不短了，给你换一个岗，去担任新成立的发展战略专题组组长，这关乎集团的未来，也是对你的挑战。"

　　安然奉命搬进新办公室，脚底像踩在一片棉花上，软绵绵的。值得欣慰的是配备的人手还不错，有业务、科技、财务和法律方面的专家，还有创新前沿的精英。"三个臭皮匠，顶个诸葛亮，何况咱有这样的班底。"安然为自己打气。

　　人事部来一个通知，CEO给专题组安排了一个新人，作为安然的特别助理，工作由安然调配，薪酬由集团支付。

　　"安总好！我是贝塔，今天来报到，听候您的吩咐！"来者是一个二十多岁的姑娘，齐肩的直发衬托出她的端庄大方。安然感觉到了贝塔的不寻常，从大班椅起身，爽脆的语调里多了一分温和，说："欢迎你的加盟，我们这里迫切需要人才。"

　　周例会通常是在争辩中展开，业务部门提出的思路往往被信息科技专家质疑。柯吉是典型的理工男，嗓门大，语速快，挂在嘴边的总是"你这个主意太low（低级）"。安然对这种吵架式的表述很不以为然。这一次，对安然已经确定基调的方案，柯吉竟然定性为过时的套路，完全无视安然的愠色。

"贝塔，你怎么看柯吉这个人？"会终人散后，安然问贝塔。

"我觉得柯工蛮厉害的，如果仅仅在传统维度上讲增长和扩张，只会处在追赶和挤压的状态，柯工努力跳出原业态，这种导向值得肯定，激情值得赞扬。"贝塔利利索索地回答。

安然没有接话。

过了些日子，柯吉接到调令，去集团一科技子公司，安然说："集团对信息科技人才高度重视，柯工将会在新赛道上发挥更大作用。"没有人接话，只是以后的会议火药味没那么浓了。

"组长特别助理"究竟是什么位阶？没有人说得清楚。贝塔刚来时，有人风言她是集团董事长的干女儿，安然严肃地制止这一流言，"干女儿"这个称谓已经被曲解了，容易被误读。贝塔完全没有被这种氛围所左右，她没有柯吉那种咄咄逼人，言谈举止落落大方，在讨论问题时不躲躲藏藏，而是就事论事，直抒胸臆。安然逐渐感觉到人们对贝塔的接受、认同，甚至欣赏，莫不是"干女儿"说法散发的效应？

安然觉得贝塔应该从基础做起，脚踏实地，于是让她去归纳档案和收集资讯。会场上再也见不到贝塔的身影，她被埋进成堆的资料中。

集团CEO打电话来，问贝塔的近况，安然说很好，自从贝塔接手档案工作，专题组的档案工作井井有条，资料有求必应。安然笑言："如果集团有关岗位需要踏踏实实、兢兢业业的人，贝塔是合适的人选。"

CEO说："你这是想排挤贝塔吗？"

"不敢不敢，领导误会了。"安然连忙解释。

CEO语调有点儿严肃："贝塔不但不能走，而且不可大材小用，要让她多参与关键课题。"安然豁然明白，"干女儿"的传说不是空穴来风。

贝塔又回到了分析会的会场。这次是讨论市场模型，专家们各抒己见。稍后，安然微笑着说："特别助理，请谈谈您的看法。"

贝塔稍一迟疑，站立起来，有理有据，分析传统模式的局限和市场元素的嬗变，她特别提醒："传统的均衡分析已经不能反映市场的本质特征，理性预期和非理性因子必须纳入我们的模型。"听者的眼神表达出赞同和佩服，安然站起来鼓掌，说："贝塔的判断很对，是一次观念突破。"

散会后，贝塔轻轻敲开安然办公室的门，说："组长，我感觉您今天有点儿生分，我有什么做得不妥吗？"

"没有啊，我觉得您今天的表现非常好。"安然说。

"我还是希望您称我为贝塔，这样让我感到更亲切，更踏实。"贝塔微微低头说。

"哦，您说的是这个，好吧，以后我还是称您为贝塔吧。"安然温暖地笑了。

贝塔被赋予更多的关键职责，她的能力和影响力与日俱增。安然虽说是组长，更多的时候是在发挥组织者和协调人的作用。"专题组的目标是完成集团交办的任务，大家做出的成绩自然是组长的成绩。"望着贝塔忙碌的背影，安然对自己说。

CEO电话钦点，由贝塔代表集团参加一个重要的国际创新论坛，并发表主题演讲。官方媒体和自媒体对贝塔的表现大加赞赏和宣传，集团的公司品牌形象也得到优化。安然看到如潮的信息，陷入沉思。

"你真的想让贤？"CEO接听安然的电话，平静地问她。

"怎么说呢，谁心甘情愿俯首称臣？贝塔的确很专业，也有成绩，在专题组的影响力越来越大，但是如果没有强大的背景支持，她至多被定位成一个专才，不至于如此受器重。咱出身草根，拼不过人脉，就另谋出路呗。"安然心里酸酸的。

CEO没有做多的解释，让安然再作考虑，集团当然对她会有妥当的安排。

傍晚，安然与贝塔坐在面朝大海的露台上。贝塔说："安姐，您还是留下吧，相遇是一种缘分。您拥有我不具备的天赋，我只是一个工具，专注工作的机器，您懂人情、善管理，咱们携手并进，能够优势互补，相得益彰。"

"贝塔，聚散都是缘，树挪死人挪活，换一个位置对咱俩都有好处，我会记住你这个秀外慧中的好妹妹。"安然拥抱了贝塔，感觉到微微的颤抖。

半年以后，集团召开盛大的新闻发布会，宣布：立足未来，放眼全球，公司正式推出新的发展战略。特别值得骄傲的是，这是首例由高能机器人独立担任组长完成的壮举。

安然大吃一惊，她看到了那张熟悉的脸庞，听到了那个熟悉的声音："我是机器人贝塔，十分感谢我的卓越团队，尤其是首席创意柯吉先生。我还要感谢前任组长，她是富有情感的自然人，她叫安然。"

狗无言

周末，雨晴回到妈妈身边，吃完晚饭，陪她在小区走走。

妈妈说："你好久没回来了，还是那么忙吗？"

"岂止是忙，简直是累成狗。"雨晴脱口而出，但看到不远处穿着花哨衣服的宠物，她觉得此话有点儿滑稽，咱能比得上那些狗吗？

妈妈说："是啊，现在的年轻人真不容易，我们当年虽然物质条件差点儿，但工作稳定，生活开支不多，而今却是'内卷严重，压力山大'。"

雨晴心头一暖，妈妈能够体谅下一代，很难得。想当年，妈妈也不容易，作为公司骨干，她全心扑在工作上，对女儿采取放养状态，以至于雨晴高考前成绩亮起红灯时，才着急一阵子。后来妈妈说，车到山前必有路，雨晴不是很好地走过来了吗？

是走过来了，但过程中的坎坷刻骨铭心，文凭的不硬朗让她只能从一个小公司的临时工开始起步，如履薄冰地玩命打拼，才能在一家知名公司获一席之地，而眼前，哪一天不是如临深渊？不说了，不给老妈和自己添堵。

"你养的蛋卷怎么样？"妈妈问。"蛋卷"是雨晴养的一只猫。

"安逸得很，被侍候得很好，高冷得很，好像我是它的奴才。"蛋卷是雨晴情绪最低落的时候领来的，当时是一只楚楚可怜的小猫仔，从此她们互相温暖着。

"哦，给你讲个事，多乐送人了。"妈妈说。"多乐"是雨晴的表妹养的一只狗。

"什么？他们把多乐抛弃了？！"雨晴嗓门一下子大了起来。多乐是表妹参加工作不久与师哥去访客户时，在小轿车旁一个小筐里捡到的一条幼狗，一只白色的串儿。明显是被人抛弃的。师哥说，谁这么损？拎起筐就往远处走。表妹在一旁手足无措，诺诺地说，如果扔掉的话，这小狗会死的。于是就把它带回来了，又听到"狗来富"的说法，就以美元的中文音译叫它多乐。

"哪有什么抛弃，是送给一个爱狗的人家。"妈妈想平抑雨晴的情绪，"其实啊，娜娜真的不适合养狗，她自己打工度日，勉强糊口，租一个小房子，哪有空间？哪有时间？哪有闲钱？"

"您这话我可不爱听，贫穷就限制人们所有的选择吗？贫穷就失去生存的权利吗？"雨晴的情绪并没有平复。一只小京巴跑过来屁颠屁颠地在她的脚下绕圈，雨晴蹲下来抚摸着小狗的脑袋，说："您知道多乐对于娜娜意味着什么吗？"

"我知道，知道娜娜的压力和苦闷，但她那么忙碌，而且自己的情绪也不稳定，多乐在她面前既有依赖，也有拘束不安。"妈妈说，"多乐的眼神总是小心翼翼，察言观色，挺可怜的。"

妈妈接着说："那一天你小姨开车过来带多乐走的时候，小家伙似乎明白了什么，对娜娜有些依恋，但更多的是讨好小姨，它断断续续地在小姨家养过，兴许觉得在那里会更稳定些。"

"那就放在小姨家呗，干吗又送别人呢？"雨晴说。

"哎，麻烦很多，一言难尽。离开娜娜后，多乐反常地在室内大小便，而且小姨也忙不过来，另外据说姨父对动物毛有些过敏。"妈妈说，"难得有一户人家，小孩子喜欢小狗，房子也宽敞。送过去对多乐也许是好事。"

"也许？您用词挺审慎的。"雨晴哼了一句。

正说着，妈妈的手机响了，是小姨打来的，没开免提都能清晰地听到声音："姐，您这阵子见到娜娜没？这工作跳来跳去、对象若有若无，她到底想干啥呀？"

妈妈打断她的话："你喊破喉咙也没用，操不了那么多心。雨晴正好在这里，她惦记着多乐呢。"

"多乐啊，没事儿，好得很，我看过视频，它有吃有喝的，让雨晴不要担心，她应该多关心她妹妹。"小姨的声音清亮尖锐。

雨晴不想搭理她。妈妈也匆匆地敷衍几句，挂断电话，转而对雨晴说："你是听到了的，多乐在新家好着呢。"

"您当我傻啊？"雨晴几乎愤怒了，"小姨这是在编故事吧？要么是安慰自己，要么是糊弄别人。一只其貌不扬的串狗，岁数也不小了，会那么容易被接受和宠爱？您知道一个被抛弃过、经常被责备的生命的卑微与敏感吗？在一个没有情感基础的环境里，一个丑陋、卑微与敏感的生命能快乐生活？"

妈妈没想到雨晴会如此激动，一时无语。只听到雨晴在自言自语："很多的敏感是不便表述的，很多的痛苦是无法倾诉的，何况一只无言的狗！"

胡同好大雪

　　校对完业务报告，已经是晚上的九点，把身体塞进厚厚的羽绒服里，推开大门，冰冷的寒气扑面而来，飞舞的雪花把我团团抱住。

　　从办公室到宿舍要穿过一条古旧的胡同，两边是灰蒙蒙的低矮平房，与百年前的民国或清朝情景差不多。窄的胡同没有行人，只有浅黄的路灯在雪花中哆嗦着，宽点的胡同偶尔有三轮车驶过，晃晃悠悠找自家的门。

　　蓝白灯闪亮，那是一家理发店，摸摸帽檐下的头发，该去打理一下。挑帘进去，是一家夫妻店，看上去两人都五十岁左右。

　　男人微笑着问：您是理发还是染发？

　　我笑答："来造假的，染发，可以伪装年轻。"

　　"哪里哪里，本来就年轻。"男人讲了句善意的谎言。

　　"先剪再洗吧。"男人把围布给我套上，"这么晚才下班，辛苦啊。"

　　"可不是嘛，天选打工人。"我叹了口气。

　　"看上去打的是一份不错的工，怎么着也比我们强。"于是男人介绍自己，他来自中原农村，来京城二三十年了，从在街边、桥洞剃头开始，到现在租了这个门面,历尽艰辛。

"我也是从农村摸爬滚打出来的,懂得的。"我说。

"我就不明白,我们这样起早贪黑辛苦工作的人,日子过得勉勉强强,而那些投机取巧的、贪污腐败的,怎么会过得那么好呢?"男人愤愤不平,"最可恨的是那些贪赃枉法的官员,把国家给予的权力作为谋私利的手段,实在过分。"

"您说得对,现在不是在反腐吗?"

剪完发后,他的妻子安排我躺下洗头。温暖的水流淌在我的发间时,她主动说话:"您说这社会是不是应该有点儿温暖、讲点儿人情世故?"

"那是当然的。"我回答。

"我老公的姐姐姐夫怎么一点儿人情都不讲呢?"她边洗头边吐槽,"他姐夫本来也是农村人,只是当年考上了大学,后来逐步爬到了县里的某领导位置,忘本了。那些年啥忙都不肯帮,求他办点事比登天还难。我们困难时想借点钱,他一毛不拔。"

男人在旁边接上话:"我们找上门时,他半掩着门,说'求人办事吗?我们帮不了,如果是就不用进屋了'。"

"也许他的确有自己的难处,大家都不容易。"我想缓解一下他们的情绪。

"什么呀!"女人用毛巾把我的头发擦干,托我起来,用力把毛巾扔进筐里,撇着嘴:"他那时候有权也有钱,就是六亲不认,想不到退休了,啥也不是!"

正说着,男人的手机响了:"姐夫,你家斌斌到京城来找工作?我知道的,不是让去找他姨表哥吗?"听不太清楚电话里面讲什么。

男人说："我一个剃头匠能帮什么忙？他小姨家儿子浩浩还行，在京城有工作有住房，应该可以帮点忙的。什么？浩浩表哥只招待他在小店吃碗面条，就打发他离开了？"他静听电话那头的声音。

"浩浩还说了一堆牢骚话？不是我说你，当年兄弟姐妹和侄子外甥找你时，你是什么态度，咱年龄大的也许不计较，但那些孩子们会刻骨铭心的，怪不得他们。"男人的话像室外的空气一样冰冷。

"北京这地方人才济济，就凭你家斌斌不上不下的样子，怎么可能找到工作，趁早回去吧。什么？钱也花完了，没地方住？我也没办法。"男人说。

女人正拿着吹风机给我吹头，气呼呼地说："原来以为他只是小气自私，现在看他还是一个没本事的人，当了那么多年的官，既没有捞到钱也没有给孩子寻一个出路，太无能了！"

男人关上手机，对老婆说："没办法，斌斌正在坐地铁过来，无论如何也要让他住一宿。"

女人撇嘴指向我刚才洗头的小床，说："那就让他在那里凑合一晚呗，明天走人！"

我付完款，夫妻俩暂时收拾坏情绪，客气地与我告别。

掀开门帘，雪下得更大了，我仿佛被寒气和雪花挟持着推出胡同，朦胧之中见到一个黑色的人影，相向而来，踉踉跄跄。

不离婚了

　　哀莫大于心死。安欣心里说：男人不如狗，还是就此了断吧，离婚！

　　事实上，狗狗"小七"在安欣的心里远超过老公。人说婚姻有七年之痒，安欣感觉三年之后就归于平淡，开始枯燥。作为培训师，安欣在外面有讲不完的话，但回家后面对理工男只剩三言两语。狗狗小七正是这个时候领回家的。

　　对养宠物，老公是反对的：有"病"的人才会从宠物身上寻求安慰。但反对无效！这点决策权安欣还是掌握着的。小七是两个多月大被抱回来的，萌萌的样子让人怜爱。它特别懂事乖巧，不仅对安欣极尽依恋，还会适度讨好男主人。

　　安欣很忙，但再忙也可以早点起床，在晨曦中看着小七在草地上奔跑，在暮色中伴着小七在公园里溜达。同是职业女性的闺蜜提示她："职场内卷惨烈，你不可以遛狗逗猫、玩物丧志喔。"

　　安欣不作解释，但心里清楚，自从有了小七，她的生活改变了很多，首先是早起锻炼身体、晚上减少应酬，让她的身体状况明显好转。其次，或者说更重要的是，与小七的朝夕相处，她的精神状态也改善了很多，这就是人们说的治愈吧。她再也不用惦记老公的态度，所谓婚姻，不就是凑合着一起过日子吗？

树欲静而风不止。安欣的职业面临很大的挑战，形势逼人。有人调侃："投资人前年投消费，去年投芯片，今年投简历；创业者前年找A轮，去年找B轮，今年找工作。"安欣自嘲："我们这些靠眼睛和嘴巴吃饭的人，是前年看宏观，去年看板块，今年看大门。"

不良的情绪给安欣带来新的麻烦，她的皮肤起了疹子，支气管也发炎。老公冷冷地说："去看看医生吧，事是忙不尽的，钱是赚不完的。瞧瞧你这种生活质量，一点儿意思都没有。"

本来是句好话，后面附加一句就让人极度生厌。

安欣去了医院，医生看看检查报告，说："荨麻疹和气管炎都是过敏导致的，应该与宠物有关，发展下去更麻烦，早点决断吧。"

安欣辗转反侧一晚上，好纠结，最后一咬牙，决定求助于闺蜜，只有她在任何时候都会出手相助。

早晨，她把将小七送给闺蜜的想法给老公说了，老公"嗯"了一声，看不出表情。安欣心想：反正你对什么都不在乎，等小七安排妥当，咱们再说离婚的事吧。

依然是带小七去草地上玩，但今天小七有点儿提不起精神，难道它感觉到了什么？

安欣给闺蜜打电话，果然她为朋友两肋插刀，没问题。

带着小七回家，安欣就让老公整理狗狗的用具和玩具。小七怏怏地趴在地上，看着男主人脸色阴沉地收拾东西。

"宝贝别不开心啊！"安欣用手抚摸着小七脑袋，说："李李阿姨也挺喜欢你的，妈妈抽空可以去看你。"

"你哄鬼吧，狗狗一辈子只认最初的主人。"老公的语调冰冷得像把刀，"何况李李忙得像疯子，早出晚归，哪里顾得上它？"

"可是……可是，我这嗓子和皮肤如果得不到恢复，我的位置就难保了。"安欣一改平日的语言犀利，怯怯地说。

"是职位重要还是一个鲜活的生命重要？"老公表现出从没有过的暴怒，"不去了！哪儿都不去！小七就留在家里，如果你不方便照顾，我来！"

小七似乎明白了什么，一下子扑向男主人的怀抱。

"那就留下吧。"安欣一下子舒坦了，心里在说：这男人有得救，这婚也不用离了！

街角咖啡屋

　　"师兄，一别十年了。"这句话在我的心中激起涟漪。可不是吗？十年前，在青春的校园里，那一次邀约记忆犹新。

　　利用翻砂工作的八小时之外备考，我艰难地挤进这所大学。穿着蓝色工人服，在一众青春年少的同学中，显得普通又特别。当这些学霸们敏捷地完成功课或流畅地用英文对话时，我会生出一丝自卑。

　　那时大学时兴辩论赛，我被推为主辩手，没想到本队一路顺利，直指冠军，个人获得最佳辩手。其实不难理解，毕竟曾经是一个工人老大哥，见过的事多些，脸皮厚些。比赛结束后的第二天，她主动找过来，说："师兄您太棒了！我们太佩服您了。"我很受用这份赞赏，还有那张阳光灿烂的脸，但后面的一句话让我乱了方寸："师兄，我特意买了两张音乐会的票，明天我们一起去听听吧，也许对您的艺术提升有好处。"虽是师兄，我也只大她三四岁，并没有异性交往经验，这份邀请让我措手不及，应该说是惊慌失措，已经忘了当时是如何语不成句地谢绝的，反正我很狼狈。

　　眼前，她穿着新潮的时装，美式咖啡升起淡雾，她的面孔青春中洋溢着自信。我为自己当年的窘迫而好笑，其实师妹只是出于单纯的欣赏和友情，是自己当时想得太多、太龌龊了。

又一个十年，还是这间咖啡屋。

"师兄，时间过得真快啊！"她仍然点的是不加糖的咖啡，名牌时装里的身材保持得很好。她的右手优雅地搭在桌面上，那枚绿得纯粹的翡翠戒指十分亮眼。这些年，她已经由一个外贸公司的员工晋升到高层，穿行于五大洲，纵横于商务圈。此时，我刚刚从外地交流任职回来，穿着典型的公务员式夹克衫，听着她讲述在南极与企鹅、在马尔代夫与珊瑚亲密接触的故事。

分别的时候，她说："师兄你变了，不像当年那么英气逼人了。"

"其实是一直没变，"我苦笑，"除开变老这一点。"

后来一次在咖啡屋的见面发生了不愉快。她正在开拓一项创新业务，需要某一个国企支持和通融，我这个师兄这时候派得上用场。"只需要您打个电话。"她用手轻轻地转动咖啡杯。

然而这次，我不再是那个静静地听、微笑着对话的暖男，我有时候会很固执："正因为那是我的监管对象，我开不了这个口。"

"你呀你呀，活该这一辈子原地踏步！"她拎起坤包转身离去，激起咖啡杯上的雾气一阵忙乱。

毕竟是同学，时间逐渐稀释不愉快。她很忙，没有时间再相约咖啡屋，偶尔在电话里告诉我，现在已经转向金融领域了，风生水起。"你呀，别坐井观天，世界发生如此大变化，到处都是机会，你守着那个破办公桌有什么意义。"这些话对我不能说没有刺激。

最后一次相见于咖啡屋时，是一个萧瑟的深秋，落叶在窗外的地面被风搅动，无聊地旋转、缠绕。

"师兄，您帮我问一下，我前天出境去香港，被查问了两个多小时，最后还是打道回府。为什么呀？"

我说："凭常识，你应该是被边控了。"

"凭什么呀？就因为金融那点事儿？"她咂了一口咖啡，目光空洞，"我们做民间金融不也是活跃经济、为普罗大众服务吗？"

"能不能出境不是大事，但经营上的事必须弄清楚。民间金融涉及面广，影响很大，你还是尽可能处置风险，把窟窿补上，有必要向有关部门主动报告。"我感觉事情不小。

"会的，我会认真应对的。"她心事重重地离开，咖啡杯上的雾气追随着她单薄的背影。

冬天，街角的咖啡屋。

我仍然选靠窗的那个座位，点了一杯咖啡，咖啡杯照常升起淡淡的雾气，但对面没有那个精致的面孔。

手机屏幕上的新闻很醒目：涉及某某创新公司非法金融活动的相关责任人已移送起诉。

风起微信群

　　吃完晚餐，森木将饭碗往桌中间一推，起身泡茶去。

　　从领导岗位退休了，森木自认为没有什么不适应的，无官一身轻，再不用惦记哪里出纰漏、哪里会被问责。泡一壶茶，点开手机，看看今儿有什么新闻趣事。

　　滴滴，一个微信群正热闹着，点开，里面正在讨论一篇文章，作者是一个退二线的干部，题目是《玉不琢不成器》，讲的是他如何严苛管理、事必躬亲，让一双儿女考上了心仪的大学。这原本是一个普通的话题，很多人点赞。也有异议的，一是说作者既然出来显摆，应说清楚到底上了哪所心仪的大学，莫不是蓝翔技校？二是对棍棒底下出孝子的教育方式很反感，"虎爸虎妈"的方式不值得炫耀。

　　森木皱起了眉头：这微信群怎么这么乱？如此简单的道理还要争论？哪个成功的人不是历经千辛万苦？父母对孩子严加管教，天经地义。

　　一个微信名为"我行我素"的人情绪最大，强烈反对这种没有人性的教育方式。森木"@"他：把人家的文章完整地看一遍，看看父母的初心和苦心，看看孩子的变化。

"我行我素"回复：正因为认真看过才如此反感甚至愤怒，子女是活生生的人，不是被操控的机器，如果顺其自然，而不是拔苗助长，说不定孩子成绩更好，专业选择更符合天性。

森木写道：你那是假设，事实真的是"子不教父之过"，懒惰是人之天性，何况是未成年人，正反两方面的例子多得去了。

"笑话！""我行我素"急了，发出了语音，"不要把父母的位置摆得那么高，既然说人性有偷懒的弱点，那父母不也有这样的毛病吗？凭什么打着手电筒专照别人？孩子们没你们想象的糊涂，忽悠谁呢？"

森木嘀咕：今日遇到杠精了？这群里的人因为用了网名，不全对得上号，但森木用的"三木"网名大家应该是知道的，谁不知道林森木局长？不至于这么不给面子吧？

森木于是私信群中的一个熟人，问"我行我素"是何方神圣。答说是本地一个民营企业的老板，姓钱。哦，熟悉啊，森木在任时还去这家企业视察过，老板是个能干的人，白手起家，做得不错。

森木返回群里，继续回复"我行我素"：钱老板，我是老林，咱们有过交道的，若是旁人说这话，我能包容，你作为一个企业家说这个话未免太偏激了，企业和人一样，哪能不需要指导和扶持的呢？

话到此处，若"我行我素"说几句客套话，找个台阶，大家都可以下来了，可今儿这"我行我素"铆上了劲，回的话又硬又冲："从来就没有什么救世主！做企业若指望别人，活不了几天。"

森木火从中来：这小钱以前毕恭毕敬的，今儿翻天了！莫不是看我已经退休了？

　　见势不妙，森木老伴倒了一杯水，递过来，劝他消消火，哪知道他已经写完一段话，郑重地在群里宣告：鉴于"我行我素"无端地扭曲他人的正常观点，并且打压群友的自由表达，污染本群的氛围，我决定永远断绝与其联系，包括网上网下。道不合不相为谋！

　　这如同在群里扔下一个炸弹，当即有人出来当和事佬，劝大家冷静，莫伤和气。

　　"我行我素"却依然执着，迅速回了一段话：森木群友太高估自己了！你当年在台上叽叽呱呱地指示并没有给企业带来什么实质的作用，我们靠的是努力、机遇和政策。你断绝与我的联系对我不会产生丝毫影响，影响的倒是你的形象，没有眼界，没有肚量，没有理性。

　　森木气得一拍茶几，茶具、手机都跳了起来。老伴刚好洗完碗走出来，问："咋的？谁惹你生气了？"

　　森木气呼呼地说了一下情况，老伴说："老林，这就是你的不对了，虽说是人走茶凉，但你毕竟是曾经的领导干部，不能在公众群里辩论，更不能大动肝火。你认为是人家胡搅蛮缠，人家认为你是以势压人。"

　　森木似乎明白过来，火气消了点儿，说："那怎么办？"

　　"不难不难，就在群里赔个不是呗，说自己不该主观，不该动怒。反正你是退下来的干部，无所谓面子。"老伴说。

　　点回群里，发现很冷清。森木按照老伴的话，拟了一个声明，点了出去，群里一下子热闹起来。跟帖人说：领导就是气量大！又有人说：讨论不伤和气，君子也！还有人说：其实领导当年帮了我们不少，感恩，感恩！

　　只是"我行我素"没有动静，大家也没有把这当回事了，森木已经释然，老伴沏了一壶茶，"静心雀舌"。森木说："好茶！"

　　快就寝的时候，老伴的电话响了，是一个女人的声音："大姐，我是小田啊，钱程往事公司，小钱家的。"

　　"哦，知道知道。"老伴说。

　　"真是不好意思啊，向您和领导赔罪啊！我家那个挨千刀的，今晚喝得烂醉如泥，他一醉就连天王老子都不认得。"女人的语调很诚恳："咱们家公司能有今天，全靠领导的支持、帮助和手把手的指导，我们感恩不尽。其实他心里知道的，只是一喝醉就黑白颠倒，胡说八道！"

彩云飘逝

初春，小镇是被叽叽喳喳的鸟儿叫醒的。

二嫂的早餐店在清晨的雾气中渐渐清晰，这是间夫妻店，丈夫在里面揉面、包饺子，外面的活儿都由二嫂张罗，紧张而有序。

"昨日河对面人家办喜事，去喝酒了吗？"吃早点的人在闲聊。

"没，他们家老头是个老学究，不怎么与人交往，去的只有几个至亲。"

"新媳妇是哪儿来的？"

"不太清楚，听说是山里边的，穷地方，不过模样还周正，屁股大，会生娃。"

"呸，闭上你的烂嘴！啥事到你这里都变味了。"二嫂怼了一句。抬头望去，小河对面，桃花盛开，一个年轻女子正沿石阶走向清溪。

夏天，知了在小店的周边肆意吵闹。

食客们也在吵吵闹闹说个不停。社区管委会要改选，一些人认为现任

主任长盛有魄力，应该连任；更多的人认为长盛不仅独断专行，而且财务上不干净。

"何止是经济上不干净，生活上也不干净。"一个声音响起，嗓门不大，但穿透力大。

二嫂说："这事可不敢乱说啊。"

"乱说？要想人不知，除非己莫为，没有不透风的墙。"说话的人清清嗓子，神秘地说："晓得对面那个山里来的小媳妇吗？那关系，脏得我都开不了口。"

谁说小镇封建闭塞？传播绯闻是它的一大特色。"莫须有"就是有，结果长盛名落孙山。

秋天，小店旁的柿子树上的果子红彤彤的，像一串串小灯笼。

"知道吗？长盛现在发达了。"

"不是从主任位置上被撸下来了吗？"

"哎，你有所不知，树挪死人挪活，人家开了一个长盛投资理财公司，火得很，跟投的人都赚钱了。怎么着，也试试吧？"

"咱与他不熟啊。"

"没关系，找对面那个叫彩云的女子，准行。"

"他们真有那种关系呀？"

"废什么话呀，只要能发财，管这些干吗？"

二嫂憋不住，说："还是小心为好，哪有天上掉馅饼的事？"

初冬，风呼呼地吹，地上的几片残叶都被刮到河里。

"长盛这个王八蛋！我的家底都亏光了，有些钱还是借亲戚的。"

"骂也没用，听说他已经被公安机关带走了，据说是涉嫌犯罪。"

"当然是犯罪。对面那个女人在哪里？"

"据说长盛自己揽下所有的责任，与女人无关。"

"怎么会无关呢？他们是有伤风化、男盗女娼啊！"

二嫂说："光骂有啥用，还是等法律处理吧。"

漫天飞雪，早餐店是个可以温暖的地方。

"知道吗？长盛已经拜拜了。"

"什么意思？他死了？这么不经折腾？"

"人不死债不烂，他这一走咱的钱不就没指望了？"

"恐怕是。"

"那怎么办？"绝望中忽然产生了一点希望，"找那个女人，她不是贪财吗？让她给我吐出来。"

"什么呀，人家听到长盛死讯后，哭了一夜，毅然决然地离家出走了。"

"去哪里了？"

"去九华山，当尼姑了。"

"不可能，绝对不可能！这么个女人怎么可能了断凡尘。"

二嫂说："这说明你不了解女人。"

某年某月的某一天，二嫂去九华山朝拜，按照信息找到了一间偏僻的尼姑庵。对着一位穿着灰旧海青的师傅，二嫂双手合十，鞠躬说道："彩云妹妹，我是清溪镇的二嫂，您还记得吗？"

"多谢施主，本寺不曾有什么彩云妹妹，只有贫尼释虚尘，阿弥陀佛！"

第一章　人在深圳

第二章　梦里家园

第三章　远方不远

浴佛井

沐浴清明细雨，穿越千年古镇，梅川，禅宗四祖司马道信出生的地方，也是生我养我的故乡。

1000多年前的清明时节，由北方来的交流干部司马申大喜过望，刚刚出任县令不久，就生下一个男婴。本地风俗，孩子出生第三天要举办"洗三朝"仪式，因为孩子是送子娘娘赠送的，她要来人间探望。"洗三朝"那天，孩子啼哭不止。全家上下忙成一团，却有人禀报，门外有一和尚持钵乞讨，打发不走。县令虽然心急火燎，但念及今天是喜日，不想触霉头，吩咐施舍碎银，好生劝走。回话说："和尚不要银子，且不走人！"县令觉得奇怪，亲自出门，但见这和尚慈眉善目，气度不凡。和尚双手合十："阿弥陀佛，我有良方。"良方原来是用院中井水给婴儿沐浴。清明时节，天气阴冷，怎么可以让婴儿洗冷水澡？县令犹豫之时，和尚飘然而去。

司马申悟出这是高人指路，马上磕头感恩。院中水井水质清澈，源源不绝，平日并无特别。此刻却是祥光闪闪，瑞气腾腾，且清香甜美，司马申亲自拎桶取水，送到内室。奇妙的是，婴儿嗅到水气马上停止啼哭，沐浴过后，竟发出笑声。众人惊喜，县令兴奋地说："这是佛的恩泽，缘于佛道诚信，这孩子就叫道信吧！"

1000多年后的今天，我们立在有一个写着"浴佛井"的矮墙之外，等对面小卖部的大娘打开门锁。这是一个石井，并不大，也不深，大娘说很灵，能治病，特别有益肠胃和睡眠。同行的女士按照大妈的说法，用塑料碗舀了点水喝下，这是潜意识的功利心。我轻言相劝，浅尝辄止。这房子早不是过去的房子，街巷之间的石井很难说是真迹，这水更不是当年那清澈的甘泉。

那个受过井水沐浴的婴儿与佛的缘分不止如此。按理说，作为一个"官二代"，他应该读书进学，走向仕途。可他独具慧根，与佛有缘。

道信4岁就进入梅川镇北的竹影佛寺的乡塾，发蒙读书。他天资聪颖，过目不忘，听寺僧诵经，入耳即知下文，众人称奇。

7岁，对现在的孩子来说是一个淘气的年龄，道信却已在破额山出家，洁身自好，持守斋戒。

14岁，应是翩翩少年时光，道信饱览经书，已经道行深厚。他听从佛音召唤，栉风沐雨，走进皖山（今安庆市潜山）深处，拜禅宗三祖僧璨为师。有人说，僧璨正是当年那位云游的和尚，这应是冥冥之中的缘和圆。从此，道信随侍三祖，形影不离。

10年后，三祖远赴南粤罗浮山。道信则到吉州受戒、常住，此后又在凤凰山建正觉寺，在破额山建幽居寺，还有东禅寺、西禅寺、大金幽栖寺、大冶广法寺。

2年后，三祖归皖，传付衣钵，司马道信成为禅宗四祖，时年27岁。

梵音袅袅，佛的缘和圆在继续。两年后，道信禅师收7岁孩童弘忍为徒，携住大林寺，40年形影相随。弘忍就是后来广为人知的禅宗五祖。

中国禅宗命运多舛，从达摩初到中土，直到三祖僧璨，禅宗一直处在受人排挤的尴尬境地，是四祖道信的努力，让禅宗终于得到了统治者的认可，也有了广泛的信众基础。

清明烟雨中，有几个僧人在寺院边的菜地上劳作，身影朦胧起伏，仿佛回到千年前寺院的生动景象。"农禅并举"始于道信。按印度佛教风习，出家修道者不事生产，靠他人布施或沿门乞食为生，达摩及慧可、僧璨几代禅师一直如此。道信力倡农禅并重、自食其力，解决了徒众的吃饭问题就是奠定了佛教稳定和发展的基础，不仅如此，还把日常劳作等提升为"禅修"，有助于僧侣养成劳动习惯，弱化对社会的依赖，减轻百姓的经济负担，这是佛教史上的重大创举。

"菩提本无树，明镜亦非台，本来无一物，何处惹尘埃。"这是弘忍的传人六祖慧能的大彻顿悟，他因此声名鹊起。四祖道信似乎不为人知，其实他在禅宗历史上的地位也十分了得。

道信强调"佛即是心"，"离心无别有佛，离佛无别有心"。这是对菩提达摩"大乘安心法"的重要发展。这样一来，一切禅修便归结为对自我本心的体悟，于是人佛、心佛、心性之辨成为禅宗的中心论题，禅宗成为名副其实的"心宗"。禅若心雨，滋润大众，泽被后世。65岁，德高望重的道信感觉是时候衣钵传法，弘忍遂成为禅宗五祖。

72岁时，四祖命弟子元一造毗卢塔。不久，四祖坐于塔中圆寂。

因为浴佛井，今天的家乡人在后面新盖一个寺院，叫浴佛寺。开寺仪式热闹过后，周遭市井之声淹没了晨钟暮鼓，柴米油盐的日子要认真地过，心中的善念和期盼仍存，正像这清明的雨，洗刷了千年，荡涤了千年，但有些情愫仍经久不衰。

今年归乡，气温40摄氏度以上，山川田野仿佛燃烧起来，只有这寺院还有一丝凉意，浴佛井水既能解渴又能冲凉。街坊说，相传公元611年，当地久旱不雨，稻田龟裂，饥荒遍野。四祖一面率众僧念经祈祷，一面动员百姓点火烧柴。烟雾弥漫，上接云天，不久后竟大雨倾盆，万物复苏。百姓长跪叩谢，感恩苍天，感恩四祖。这原理如同今天的人工降雨，莫非道信禅师精通科学？

心雨霏霏，缤纷千年。

流逝的梅川

　　这一年的冬雪比以往来得更大一些。广济县令刘允昌一早推开院门，见空中雪花飞舞，满眼银装素裹。好啊，好啊！瑞雪兆丰年！唤下人：今儿好雪景，邀几个文人雅士，到东门外清溪走走，踏雪寻梅，再去文宫阁，饮酒赋诗。

　　旋即，一众文人簇拥着县令走出东门，前往清溪。刘允昌说，几年前，蕲王朱仲良大人送来千株红梅、白梅，植于清溪两岸，今冬已成气候，各位先生感觉如何？

　　张秀才资历最深，先发话：这是绝佳之地啊，梅花与雪花相映成趣。有诗云，"梅雪争春未肯降，骚人搁笔费评章。梅须逊雪三分白，雪却输梅一段香。"

　　陈道长捻着胡须，说，论梅之神韵，林逋的诗更妙一着，"众芳摇落独暄妍，占尽风情向小园。疏影横斜水清浅，暗香浮动月黄昏。""疏影""暗香"二词用得极好。

　　胡秀才新得功名，血气方刚。他说道，若论豪放，还得是陆放翁陆游的"闻道梅花坼晓风，雪堆遍满四山中。何方可化身千亿，一树梅花一放翁"。

教书的陶先生说，大家见到的是雪中梅花盛开，可否想到梅落春来的景象，元代王冕的诗很妙，"三月东风吹雪消，湖南山色翠如浇。一声羌管无人见，无数梅花落野桥。"

刘县令灵光一闪，说，何不把眼前清溪取名为梅川，川者河也，既是一条"百里梅肩种我楼"的河，也是一条"无数梅花落清溪"的河。

众人皆说好，梅川，梅川，梅花之川，美哉妙哉！

2021年，我开车由南粤回故乡梅川，想到的是王维的诗句："君自故乡来，应知故乡事。来日绮窗前，寒梅著花未？"游子思乡，没有直接问父母、亲朋，而是问窗前的那株寒梅开花了没有。妙！

车到梅川镇，范老师在文化广场门口等着。我们未曾谋面，是通过微信认识的，瑟瑟寒风中一个穿着棉袄、头发稀疏、面孔慈祥的长者，正是我想象的样子。无须寒暄，快快上车。

先去哪里？印象中最深的是"东门头"，童年时期，它在我心目中如同紫禁城的大前门。父亲若说上街，我就兴奋不已。穿过古旧的东门，左手边第二间就是"国营食堂"，馒头冒着热气，油条在油锅里翻滚，那是搅动整个肺腑的诱惑。出城时，父亲通常会给我买上一个馒头或一根油条，此时，父亲的形象比东门还高，而我，拿着油条仿佛是一个持剑的侠客，风光极了。

车在东门头停了下来，但眼前却是一个全新的建筑，也许比旧时更高大，但已找不到当年的感觉。跟着突突响的三轮车进去，"国营食堂"早就不在了。那间我曾胸挂领袖像章留影的照相馆呢？那间散发着香味、柜台高高的中药房呢？那个贴着海报或大字报的老戏台呢？全没了，只有生硬地排列整齐的店铺，三三两两地开着门。

范老师看出了我的落寞，拉我回头走出东门，去看仁寿桥。仁寿桥我记得，当年的文人雅士正是出东门，从这里走向梅川河岸上。桥还在，只是历经洪水，毁了又建。走过桥，欣喜地看到有几间老房子。一个妇女从低矮昏暗的屋里探出头来，说："哦，是范老师您啊！"范老师问谁住这里，女人说是她妈妈在住。我插话，这老房子很有味道，修理一下很有感觉的。女人撇嘴说，修什么呀！这已经被列为危房，过些日子就要拆掉。墙上画着"拆"字的圆圈，像古代士兵的马甲。

桥下流过的就是梅川河，水没有多少，野草倒是长得丰茂。在这个街区，已经找不到当年的河岸了，两边临水的是房子。房子正面朝街，多半是餐馆、杂货店，背面朝河道，灰白大墙上开着小窗，如同一张没洗干净的脸上挂着没睡醒的眼睛。

范老师说，若想走梅川河岸，必须开车几里地，到远郊的农村，但岸上已没有梅花。据说城北郊外的休闲山庄里种了一些梅花，但想看必须买门票，除非你在里面用餐。

梅川成为县城有上千年历史，诞生过禅宗四祖司马道信、清代名医杨际泰、辛亥革命元勋居正等人。当年梅川中学和附近的考棚是小镇文化的象征。考棚是古代科举考试的场所，一考定终身的悲喜剧在这里无数次上演。有人一举成名，春风得意马蹄疾；也有人名落孙山，残花飘零落渠沟。我曾经见过考棚广场上，一个精神出了问题的男人竖着大拇指，朝着太阳的方向，周而复始地画圈，谁知道他有什么故事。

　　县府几十年前已经迁到长江边的一个镇，曾经赫赫有名的梅川中学，也因优秀生源掐尖儿到县一中或黄冈中学而日渐式微，当年放榜狂欢的盛况不再。范老师感慨，孔雀东南飞，梅川的文化氛围已不如从前。

　　文宫阁已经不复存在了，我们去了一个叫名都的餐馆。菜不是当年的菜，酒也不是当年的酒，窗外没有雪，只有两个心中残留着梦的人。范老师拿出了新一期的刊物，名字就叫《梅川》。这是他们竭尽全力呵护的一份文学期刊，承载着对梅川的回忆和期待。

　　翻过鲜红的封面，封二和插页上是商业广告，刊内关于梅花和梅川的内容并不多，可我还是把刊物紧紧地贴在胸口，向范老师深深鞠躬：谢谢您！因为你们，梅花还在开放，梅川河还在流淌！

大山里的茅屋

　　两座大山的山脊线像两条龙从天而降，在这个山坳上交会，小村就在这个接合点上，被称为二龙湾。

　　满眼郁郁葱葱，村头一棵大树特别显眼，独木成林，据说有500年高龄。大树的不远处有一个山泉洞口，年头更加久远，夏天清澈凉爽，冬天水汽升腾。往高处走，但见周边大小不一的水塘，有的晶莹透亮，像明媚的天目，有的被绿树和野草缠绕，像蒙眬的睡眼。这满坡的绿，像一个山形的襁褓，小小村庄就是静卧其中的孩子。福哥指着村里仅剩的两栋二层红砖楼房，说："原来的村民都搬迁得差不多了，这房子的主人也已经在山下建房，这房子6000元一栋，可以买下来。"

　　妻子从草深及腰的小路兴冲冲地走来，发梢和衣服上沾着花瓣和彩粉，说："看过了，坡上坡下有不少可以耕耘的山地，开垦出来，可以种花、种树、种庄稼。"

　　"把这个房子买下来吧，拆掉平整，建一个农家四合院，一定很好的。"她的语调充满着兴奋。

　　我比妻子冷静，因为我熟悉这里。这里曾有我的祖屋，坡那边有我的祖坟，我的先辈出生于此，而且终老于此。小时候我每年跟随父亲跋山涉水而来，给列祖列宗叩头烧香，一年一年过去，父亲、母亲也去世了，魂归故里，成了祭祀的对象。

　　那时候的二龙湾里有十几户人家，大多姓胡。祭祖之后，父亲领着我在村里走走，让我喊着叔叔、伯伯、大爷，向众人鞠躬打招呼。他领我去看我们的祖屋，村后面角落里一块荒地，长满了灌木杂草。当年，爷爷的爷爷为了生计，离开山下的胡姓大村，因为在大村无田无地，必须另谋生路。有人说，去山里吧，山里的地多，草木茂盛，不缺柴草。举家搬来后发现，山里并没有说的那么好，同样艰难，这里只有旱地，土质贫瘠，地块窄小，而且土地是地主的，收成了还得交租。

　　既然来了，就得安顿下来，首先是要安个窝。爷爷的爷爷把山的斜坡挖成一片平坦的地和一堵垂直的墙，然后用杂石、土砖和杂木垒起来，前、左、右三面建墙。人们用"家徒四壁"形容极贫状况，我们是"家徒三壁"。房顶是用茅草覆盖的，狂风之后可能会稀稀疏疏，暴雨之中可能会滴滴答答。一个冬天，某个不懂事的牛儿用镰刀一样的舌头，站在后坡上伸长脖子，把我家屋顶舔出一个大大的天窗，让阳光和目光直直地投向简陋的堂屋，全然不顾及屋里的人的羞涩和狼狈。

　　拥有三寸金莲小脚的祖母有自己的骄傲，她说当年是坐着轿子嫁过来的，这是件有面子的事，但我知道的是，她在山的襁褓里前前后后生了10个孩子，却只有一个男婴存活下来，就是我的父亲。现今看来的小病，在当年的山里就会要一条人命，祖母终于以广种薄收的方式保住了一根独苗。山里的孩子是脚下的草、苦藤上的瓜，即使是独子。5岁开始，父亲就成为一个劳动力，任务是放牛，把牛牵到某处草多的地方，牛在山坡上吃草，他在山坡上奔跑。

祖屋里曾经传出过读书声，祖父咬紧牙关交学费，让他儿子到山脚下的私塾读书，一个教书先生给几个娃娃讲《三字经》之类。他是想用"知识改变命运"吗？但终究不堪学费负担，而且山里人家缺少劳动力。三年后，父亲回到了土地上，回到他父辈的人生轨道上，脚踏实地地当了一辈子农民。土地的贫瘠、收成的匮乏、营养的不良，让这根独苗在苦难中长大，我眼里的父亲，背影矮小而佝偻。

父亲有引以为傲的故事。某一个晴好的日子，天空传来鹰的哨声，抬头望去，雄鹰张开双翼滑翔盘旋，当时还是少年的父亲十分欣喜，机会来了！他盯住鹰旋转的方位，估算出其中心点。他知道，这是黄鼠狼又偷鸡了，它把鸡叼到山的某一个地方，先隐藏起来，再在某一个时间回来享用或者转运。这些行为被空中的老鹰尽收眼底。但黄鼠狼和鹰没有想到的是，有一个少年洞悉一切，他丢下手中农活，像兔子一样翻山越岭，找到某一方位，在草洞深处，拿下被掩藏的鸡，真的是"螳螂捕蝉，黄雀在后"。这只从黄鼠狼口里夺来的鸡，对食不果腹的农家来说，相当珍贵。

另一个奇迹是猎豹。此时父亲已是青年，那天正在干农活，听到有人高喊："有野兽！抓野兽！"他拎起锄头就开跑，不是逃离而是追赶。要知道，如果捕获一只野猪之类，那可是一个大大的收获。而这次追逐的竟然是一只豹子，见人多势众，豹子夺路而逃，父亲等人穷追不舍，到了村口水井旁，豹子突然转身扑来，大爪扑向一个人的脸上，众人一哄而上，乱棒之下，结束了豹子的性命。大家纷纷瓜分成果之后，那个面部被抓伤的人才被送到医院，虽无生命危险，但脸上从此留下深刻的印记。

　　我对这个故事存疑，以豹子的机敏凶猛，几个人断不可这么轻易得手，除非这是一只老残的豹子，已经被饥饿或病痛消磨得精疲力竭。直到有一天我看到神农架的女民兵陈传香打豹的传奇，我相信它了。

　　城里出生并成长的妻子深吸一口气，舒展一下身姿，感慨这里是世外桃源。如果论闭塞这里的确是，但山下的动荡也会传导到这里。民国二十七年（1938年）底，日本军攻占县城，虽不曾进山，但村里的人还是要躲躲藏藏。城里的情况更糟糕，武汉沦陷后，许多人逃往乡下、山里，一个9岁的女孩被人领到村子里，说是由武汉"跑反"（逃难）过来的，家里经济没有着落，就留她在这个村里作童养媳。这个女孩子就是我的母亲，她由一个大城市理发师的女儿，跌落到这个山坳里，有点仙女下凡的落差。她曾咬着小辫说："打死我也不会在这个穷山坳里留下！"但她终究拗不过命，不仅留下来了，而且为她瞧不上的矮个儿男人生了7个孩子，我是老七。

　　回望百年，山里人的生活与野生动物生存条件差异不大，他们住在草窝窝里，与劳累和饥饿为伴，风调雨顺的年景都所获无几，天灾年份更是度日如年，靠野果、野草维持生命。大雪封山的日子，草棚里的山民与洞穴里的动物一样饥肠辘辘，一样无助无望。贫穷和疾病随时会夺走山里人的生命，父亲说，他之前的先辈，男人没有活过60周岁的，更不说许多夭折的孩子。

　　贫穷是代际传递的，大山阻碍了受教育和见识世界的机会，贫穷与迟钝互为循环，形成一个走不出的圈。有一天，父亲的堂兄接到村里的指令，往乡公所送一张纸。送到后，收信人问他："你知道这上面写着什么吗？""我不识字，哪能知道。""上面写着让持信人来当兵，傻瓜！"堂伯伯就被塞进兵营，成了一名壮丁。幸运的是，培训的时候发现他的右手食指有毛病，只能让他回家，继续在山里面当农民。

1950年的一天，老实巴交的爷爷正在棚屋门口编草鞋，一个干部模样的人走过来，高声地问："你是胡治文吗？政府通知你，因为你们家是成分最好的贫农，可以搬到山下的大村子，那栋最好的房子分配给你们了。"

爷爷愣在门口，身后的茅屋在风中凌乱。

大坑里的老屋

　　堂叔来武家大坑看望我的祖母，却在村口大水塘边捞起我姐姐，水塘离我家前院只有几米远，他在院里把小姑娘倒提起来，在背上拍了几巴掌后，姐姐吐出水，大梦初醒似的朝院子上的天空发呆。

　　武家大坑有着百多户人家，我家虽然住的是旧屋，但却是坑里最好的。这原本是保长的房子，后被没收，分配给最贫穷的人家。我爷爷因此由山里茅屋搬进来，成为新主人。这个被称为"联三"的房屋，堂屋左右是卧房和厨房，与其他农户的土砖屋相比，它的前墙地基之上有两米多高的青砖。还有一个亮点是有前后院，前院明亮，后院有两棵桃树，印象中我没吃过红透透的桃子，因为半熟的时候孩子们就会爬上去摘下来吃掉。

　　深色的墙、黑色的瓦、光秃秃的树枝和灰蒙蒙的天，这是我对老屋冬天的总体印象。裹着小脚的祖母唉声叹气，快过年了，年货还没有着落，关键是忙忙碌碌一年没有分到钱。

　　母亲说："找生产队赊个账吧，买上几斤肉，吃个年饭，亲戚上门也有个招待。"

祖母安慰说："再怎么困难也比前几年好些，那个时候连野菜都挖不到，还要空着肚子修水库，你爹就是因为饿而过身的。"

父亲抹了一把脸说："是的，日子会好的，自然灾害过去了，我刚刚被选为小队长，只要社员们铆足了劲干，收成会好的，来年吃饭不成问题，还会有余钱的。"

一年过去了，收成果然好了，不饿肚子了，怀孕的妇女也多起来，年底许多人家还分到了钱。腊月底，祖母在厨房蒸馒头，透过雾气见父亲坐在那儿愁眉不展，问他："儿啊，你这一年干得不错，还有啥不开心的呢？"

父亲深吸了一口旱烟，用烟袋杆敲着鞋底，说："大家肚子是饱了点儿，但我肚子也气饱了。"

这个村绝大多数人家姓武，一个外来户、异姓人家，自然有受排挤的感觉。这不，有人发话，你胡家分走了我们村最好的房子不说，还要当我们村里的头头，凭什么呀？

母亲停下手里的活儿，埋怨道："早就不该揽这个事，在人家的地盘显摆，吃力不讨好，趁早歇手吧。"

年关刚过，大哥又给父亲添堵。拿着高中录取通知单，父亲脸上布满阴云，他把大哥叫到跟前，说："儿子啊，两年前你小学毕业后坚持要上初中，我是不乐意的，家里这么多张嘴要吃饭，我与你娘支撑不了；前年为了让你上学，已经让你二弟只读到小学三年级就回村当劳力，这次你万万不能读了。"

大哥怯怯地说："咱们公社只有几个人考上高中，老师说，读书是国家的需要，也是农村娃改变命运的机会。"

父亲抽着闷烟，叹口气道："你总是给我出难题，道理我懂，但一家老小的吃饭问题怎么解决？"

"爹，让哥去读吧，机会难得，家里的活儿我多干点，困难总会解决的。"沉默寡言的二哥开口了。

清晨，母亲站在院门口，目送着大哥背着行囊去县城上学，这几十里的路只能靠双脚走，傍晚才能到。

又一个腊月，父母亲收工回到老屋，天已经昏黑了，母亲抱起摇窝里一岁多的我，突然叫起来："他爹，娃儿怎么烧得这么厉害！"父亲摸了一下娃儿的脑门，说："可不是嘛，你先想办法给他降降温吧，医院远，天快黑了，不方便。"

母亲为娃儿洗了个温水澡，在小脑门上放一块凉的毛巾，但效果不佳，平时很乖的娃儿情况异常，呕吐过后是惊厥，连哭的力气都不够。母亲说："点上马灯，马上去医院！"

走过七八里的乡道，到了镇医院时，大门已经关上了，父亲用粗大的手拍打，开门的人说："要过年了，怎么还有人来？"医生诊断后说："这娃得脑膜炎了，幸亏及时送来，否则没得救。"刚刚处理完幼小的我，又有病人送来，没想到是我姐姐，真是祸不单行。

由于儿时营养不良，父亲身材明显矮小，他只读过三年私塾，但他聪明、坚强、勤劳，是我们家里的绝对顶梁柱。有一天晚饭后，父亲在堂屋里说："大队来通知了，咱们大垸要拆迁，把现在的土地腾出来改造成农田，新村将安排到对面的小山坡上。"祖母说："咱们这屋子虽然不大，但有前院后院多好哇，可惜了。"母亲皱着眉头，说："这房子一拆，只有墙下层的青砖还可以用，其他的材料要花钱买，钱呢？"

父亲抽了一口烟，烟雾萦绕在他的脸上，他用手扇了一下，说："这是公家的要求，哪有什么条件可以讲，准备拆迁吧。"

那一夜月黑风高，我站在已经拆得七七八八的大垸之中，满眼都是残垣断壁，歪歪的断墙像杂乱的人影，斜斜的房梁像舞动的怪手，让人心里发怵。我和姐姐跟着祖母，睡在老屋的废墟上，看护拆房后留下的砖石和木材。深夜，我胆怯怯地进入梦乡，突然听到祖母说话："你们听到动静了吗？"姐姐揉着眼睛坐起来，我也是迷迷糊糊的。祖母说："我听到有人在唱戏，一男一女，黄梅调，好悲情的，你们听到了吗？"姐姐含糊地点头，我仍然是朦朦胧胧的。这么深的夜，哪会有人来这杂乱的地方，更不可能唱戏。祖母说："可能是狐仙，这么大的垸子，经历了多少年风雨，积累了多少恩怨情仇。"只见她双膝跪地，合手而拜，念念有词："阿弥陀佛！菩萨保佑！……"

大垸荡然无存，田野里的金黄稻穗在风中起伏，像浪潮一样洗刷过往，只是极少数人依然执着，铭记着旧垸。后村的细娃据说脑子出了问题，每天傍晚都会回到旧垸，在曾经属于他家屋基的田头上站立着，右手不停地在空中画圈，叨叨："我在等我爷爷，他每天晚上都会来见我。"

旁人说："傻瓜，你爷爷已经死了好些年啦。"

大冲边的旧屋

    故乡的旧屋，在经年的风雨中寂寞地老去。

    旧屋曾经是新屋。原来位于大冲田畈中的大坑被一分为二，村民分别搬迁到大冲的两边山坡上。新村的主体格局是由低到高的四个联排，我家的屋却是独立的，方向也不一样，门前是宽广的稻田，远处是巍峨的灵山，山顶上的老庙依稀可见。

    裹着小脚的祖母小心地在屋子一角摆上香炉，点上三根香，嘴里念着"阿弥陀佛"跪拜。这几天连降暴雨，洪水顺势而下，危及即将收获的稻田，本队与邻队为洪水的流向发生纠纷，形成冲突。混乱中，有人一把铁锹刺来，与父亲的肚皮只差半分。祖母听后，浑身发软，这是他唯一的儿子，家里的顶梁柱。

    再拜菩萨是为我的小哥。高中毕业后，小哥回到村里面，年纪轻轻就当上大队干部，革命热情高涨。这天有人告诉祖母，有几个年轻人把岩边的一个石像扔进了河塘。那里曾经有一个小庙，"破四旧"时被拆除，不知道是谁在原址掏一个土洞，不知道又是谁摆上一个做工粗糙的半米高石佛，有人趁黑夜里去悄悄烧香拜佛。祖母断然说："这事与我孙子无关。"但夜里，祖母在家里点香跪拜："阿弥陀佛，菩萨保佑！孩子们不懂事，他们也是受人误导的。"

祖母说：心诚所至，必有福报。这不，福报来了。这一天，她颠着小脚挨家挨户地走，给人看一张照片。照片是她当兵的大孙子寄回来，威仪的绿军装上有四个口袋，这是军官的标志。在乡亲的啧啧称赞中，这个外来户的形象若然上升。

二哥小学三年级就辍学，但他机灵、勤劳并且乖巧，深得乡亲赞扬，驻队的公社干部也很欣赏，加上家庭出身是贫雇农，因此他被推荐当工人，成为一个全国知名大厂的工人。走出农家进省城就是跳龙门，这在当年是一件很大的喜事。

那年夏天，我在老屋的堂屋竹床上午休，朦朦胧胧听到母亲在说："这不就是中状元了吗？"我以为她在念叨古戏里的台词。母亲说："儿子啊，这不是做梦吧？你这次中考获得了全公社第一名，这不就是古戏里的状元吗？"其实我觉得自己并没有学到什么东西，天天学工学农，读书的时间并不多。母亲给我做了一碗鸡蛋面，算是隆重庆祝。

这一天，村里瞬间热闹起来，场景有点儿像课本里的课文《分马》。坚持几十年的人民公社制度要改变了，生产队的集体田地要分到各家各户。我家堂屋内外人潮涌动，激情澎湃。根据人头和田地状况，大家抓阄、挑选。其时，祖母、父母亲、小哥和姐姐们的户口都在农村，我们算是大户，分到了十亩田地，一半是比较好的，另一半则比较远，或者是沼泽地。祖母和父母亲像当年土地改革分田分地一样高兴。

包产到户让田里的庄稼像打了鸡血一样，噌噌噌地长。父亲是种田能手，我家的庄稼更是出类拔萃，收获满满，老屋洋溢着丰收的喜悦。

农家的子女们也在成长。很多时候，农村的夜黑得早、黑得深，晚饭后，村里有位体面的婶子准时打着手电筒来我家唠嗑，她男人在镇上工作，属于有工资的"半边户"，见识多些。他们聊天的范围很广，村里村外，家长里短，话题很多，但有一个主题很突出，就是儿女婚事。谁家姑娘俊俏懂事，谁家儿子踏实有为，谁家经济基础好。其实说也是白说，在省城的二哥自己做主，恋爱、婚姻顺利解决。

大哥的婚恋可没有这么简单。有一次，大哥从部队回家探亲，被安排见了几公里之外一远房亲戚的女儿，这女孩是医学院的工农兵大学生，此时在县城医院实习。女方对已是军官的大哥一见钟情，一往情深，但落花有意、流水无情，大哥回部队后，开始有回信，后来慢慢地就冷淡下来。母亲猜想原因，可能是女方身材偏矮，还有家里兄弟姐妹多。那个时候我半懂不懂地翻阅过《红楼梦》，眼见到我家里三天两头来了这个忧郁的姐姐，躺在大哥回家时住的房间，眼泪汪汪地一遍遍读书信，活脱脱一个现实版的"林妹妹"。祖母在一旁"阿弥陀佛"，叹息："可怜的丫头，你们俩前世今生没有缘分啊！"

祖母又一次拿着照片给各家各户看时，是大哥在部队上找到了对象，一位也有四个口袋的潇洒女军人，这是何等有面子的事情。这个女军官后来就成为我的大嫂。

小哥也有自己的故事。当年城里青年下放农村，被称为知识青年，小哥是村干部，与知青们经常有互动，一来二去，他与一个女知青好上了。农村青年与城里知青恋爱，在当时是一件很麻烦的事，女方的父母理所当然地反对，女知青并不激烈反抗，而是在父母家里静静卧床，不吃不喝，连续几天。父母终于松口说："随你吧，以后的苦日子自己担着。"

子女在成长，日子变小康，新屋在风雨中逐渐变旧宅。

秋天的一个傍晚，老屋高朋满座，喜气洋洋，这是姐姐出嫁的日子。锣鼓声中，我和哥哥们与送新娘和送嫁妆的人，一起离开老屋，沿着乡村道路前行到老垸旧址处，与前来迎亲的人交接。大哥轻牵他小妹的衣袖，柔声叮嘱："从今天起，你就是人家的媳妇，要通情达理、贤惠善良、勤俭持家。"姐姐含泪点头。我心里涌出酸楚，朝夕相处的姐姐从此成为别家的人，她会一生幸福吗？

母亲常念叨："你也必须离开这个老屋，闯出自己的天地。"那年高考我因非正常因素，发挥得不好，等了很久很久，才接到通知书，去省城的一所不太满意的学校读书。父亲说："没什么犹豫的，去吧，也算跳龙门了。"父亲送我到省城，在学校放下行李，说声"我走了"，转身离去。15岁的我鼻子一酸，眼泪顺势流下来。

不久，小哥也离开了老屋，当时他的妻儿已经在城里。他背起行囊，在乡亲复杂的眼神里，离开了他熟悉的家乡，去一个陌生的地方，以极低的姿态，在城里打拼，谋一条出路。

在农村时，感觉城市是另外一个世界，甚至想象成天堂，事实上，城市生活何曾不是顶风冒雨、苦难坎坷？最初进入社会的日子，困难重重，我常常手足无措，甚至心力交瘁。最难的时候最想家，家就是温暖的港湾，累了、倦了、受伤了，都想回家修复。父亲说："跟我下地去干活吧，体会农民的辛苦。"母亲说："我懂得孩子的苦，苦不只在身体，更在心里。"

很幸运我在城里找到了美好，有了自己的小家。第一次带妻子来到故乡，住进老屋，城里出生长大的她竟然很快融入，仿佛这是她梦里老家，她与山川田野亲近，与父老乡亲谈心，特别是对父母热情孝顺。她说："记住老屋、记住自己的根，人就不会迷茫，不会漂浮。"

有一天，我兴冲冲地打点行李与朋友去旅游，妻子说："你抽几天时间去看看爹娘吧，陪伴是最好的孝敬。"是的，父母渐渐变老，他们需要爱和关心。节假日，当我们明确回乡的日子时，父母会早早掐着手指计算归期。有时候，我们突然袭击，出现在他们劳动的田边地头，他们会又惊又喜，那是多么幸福的场景。

如今，老屋也送别了祖母、父亲、母亲，他们走完苦涩的人生路，魂归深山里。那里有祖先的村庄，是他们的出发点；那里有先辈的坟墓，是他们最终的归宿。清明时节，我回到故乡，在祖坟前向列祖列宗倾诉哀思和乡愁，在大山里的祖屋旧址上徘徊，从田畈里老屋旧址的稻田走过，走到大冲边缘的这间旧屋。站在老屋前，凝视斑斓的土墙，往事如碎片，缤纷而至，仰望屋顶飞檐，岁月白云苍狗，随风飘逝。

深秋的故乡，老屋老了，如一个迟暮的长者，许多的故事，无尽的感慨，欲说还休。

大江东去

冬日的长江，风清水冷，对岸的山峦，浓淡如墨，几艘货船拉着长长汽笛声，徐徐展开一幅古朴的素色画卷。

此刻，江滨城镇武穴，绵长的江堤园林，寒风凛冽，行人寥寥。那栋翻新的小楼很容易找到，只是整修之后，不着旧痕，新得刺眼，像村里二大爷穿上了崭新西服。宣传牌告诉我们，这是饶汉祥故居，但并非他的出生地。1884年，饶汉祥出生于湖北省广济县的另一个镇——梅川镇，那里是禅宗四祖司马道信的诞生地，也是生我养我的故乡。

100多年前，长江的水如常东流，但大清王朝已暗流涌动。16岁以县学头名中秀才，20岁中举人，饶汉祥算是顺风顺水。据说他三次考上京师大学堂（北京大学的前身），但都没有去报到。光绪三十一年（1905年），他21岁，背起行囊，顺江而下，东渡日本。

宣统末年（1911年），武昌起义，饶汉祥嗅到人生机会，回到湖北，经同乡引荐，进入武昌都督府秘书室任职，处理公文等日常事务。很快，都督黎元洪对他的行文及处事方式颇为肯定，晋升他为都督府秘书长。黎元洪十分赏识他的骈体文章，给予"羽檄修书，星驰电布，一篇脱手，八缴风传"的高度评价。

自此，他与黎元洪的命运紧密相连。1913年黎元洪任副总统，1916年黎元洪任大总统，饶汉祥都紧随其后。作为"枪手"，饶汉祥为黎元洪撰写了不少骈文通电，产生巨大的战斗影响力。袁世凯为笼络黎元洪，对饶亦褒奖有加。

上海滩的大佬杜月笙很佩服饶汉祥。其时，两人风头正劲，饶汉祥专门写出一副对联："春申门下三千客，小杜城南五尺天。"仅用14个字，用历史典故对枭雄杜月笙赞美恭维，十分经典。杜月笙非常喜欢，一直悬挂在客厅。

1922年6月，黎元洪重新担任大总统，一度隐居的饶汉祥亦再战江湖，出任总统府秘书长兼侨务总裁。在黎元洪又一次面临困境时，饶汉祥为其草拟《致京外劝废督通电》《致京外劝息兵通电》，获得社会同情。1923年6月，黎辞去大总统，饶汉祥同时去职，再次隐居。

偏安一隅，饶汉祥的雄心并没有熄灭。当时天下大乱，帝制崩溃，军阀林立，钩心斗角。饶汉祥深知乱世出英雄，胸中充满豪情，但他毕竟是一介文人，不懂军事兵法，没有一兵一卒，他只好在纸上开辟一片战场，以笔为刀，以文为炮，为他人当"枪手"，借以实现自己的抱负。

1925年，饶汉祥又一次仗笔为剑，走上前线。他投靠奉系军阀郭松龄，出任秘书长。郭松龄在河北滦县反戈讨伐张作霖，饶汉祥代拟讨张通电，列举张作霖五大罪状。但郭军很快兵败溃散，饶汉祥被张学良列入通缉名单。通缉令上的另一个书生叫林长民，民国才女林徽因的父亲，他在逃亡途中被流弹击中丧命。"枪手"被枪所毙，这是一个残酷的结局，命运弄人，令人唏嘘。

饶汉祥的命大，逃过一劫。有文献记载："汉祥、长民各仓皇宵遁。途值奉军叱问谁某，汉祥悸而坠车下，奉军睹其面目猥琐，衣履尤敝，误为奴辈，挥之使去。秘书邓某亦鄂籍，气宇轩昂身着华服高据车厢，群以为是汉祥，执之去，遂及于难。"

饶汉祥惊魂未定，在天津黎元洪公馆稍作喘息后，便逃之天天。乱世之中哪里有一块安全的地方？他想到了家乡，这一块曾经梵音袅袅的佛境净土，这是生养他的襁褓，也是他最后的归宿。当年胸怀大志踏着一江春水离开，今日是风雨飘摇跟跟跄跄地回归，他应该感慨万千。但他来不及感慨，少帅张学良的通缉令如利剑高悬，江湖恩怨情仇似暗箭在弦，即便身居坚固的公馆小楼，他依然生活在杯弓蛇影、草木皆兵之中。江涛拍岸，多少次让他从噩梦中惊醒。

饶家后人的说法是，先祖饶汉祥积劳成疾，罹患肺病，1927年6月17日逝世，时年44岁。英年早逝，呜呼哀哉。其实疾病与情绪是有很大关联的，理想的破灭、人生的失败，摧毁的不仅仅是人的精神，还包括肉体。这一天，长江码头上喧嚣的市井之声，掩盖了一代顶尖"枪手"最后的哀叹。

饶汉祥的死讯报道出来，社会有所反响。鲁迅先生在《而已集》中写道：故骈文入神的饶汉祥一死，日本人也不禁为之慨叹，而"狂徒"又须挨骂了。曾做过一任副总统、两任总统的黎元洪在家设立祭坛，痛悼斯人。这是人生知音的悲鸣，还是主子对"枪手"的惋惜？

大江东流，不舍昼夜，饶汉祥的名字不久便被人淡忘，他的功过是非逐渐模糊，他的犀利骈文在档案室里寂寞无声。这栋小楼的留存实属不易，为防汛和美化环境，江堤附近所有建筑要全数拆除，时任地方主官力排众议，留下了这栋摇摇欲坠的旧楼，也留下了烽火狼烟历史长卷的一个定格。

是谁在吟唱？

"滚滚长江东逝水，浪花淘尽英雄，是非成败转头空，青山依旧在，几度夕阳红。"

往事如烟

　　记忆中的童年，天总是阴阴的，雨点砸在石板路上，绽起水花。至亮还在襁褓之中，家里就发生了一件大事，祖父猝然去世。这相当于宅子的顶梁柱塌了，顶上去的是一个小脚女人，至亮的祖母。至亮的童年映满了祖母移动的背影，身材不高却坚定从容，领着四个儿子、两个女儿，顽强地活着，支撑住微薄的家业，既要事无巨细，又要当断则断。

　　20世纪20年代是兵荒马乱的岁月，在战争的夹缝里，祖母尽心竭力维持生计，并帮助子女寻找出路。长子读书未成，去学做卖布、卖米的小生意，三子去当学徒，四子则做油、盐等小买卖。两个女儿适时嫁人，寻个归属。至亮的父亲行二，从小就在商铺里行走，祖父的遗业就由他来接力，万茂福绸布店得以勉强支撑。

　　1926年，北伐洪流滚滚，至亮家发生了又一件大事，积劳成疾的祖母去世，定盘星陨落了。此时子女逐渐长成，大家商议分灶吃饭，算是水到渠成。至亮的伯父、叔父有各自的营生，祖传的商号"万茂福"由父亲主持。

　　至亮兄弟姐妹多，俩姐姐，大哥早夭，二哥在自家万茂福绸布店做工。至亮最小，7岁入私塾读书，10岁改读崇本小学，直至高小毕业。15岁随父亲在万茂福绸布店当学徒，后成为店员。

1935年的大事件是万茂福的破产。历经几十年风雨，终挡不住时局的冲击，店铺资本亏尽，还欠本家和亲友2000余元，只能宣告破产清算。

至亮时年19岁，已经是两个孩子的父亲，失去店铺的工作，就失去了收入来源，只能靠借贷度日。21岁进入吴长记匹头批发号，至亮在一新开的绸布门市部当营业员。两年后南昌沦陷，吴长记被迫宣布解散，至亮又失业了。

屋漏偏逢连夜雨。发妻在他们的女儿5岁、长子3岁时，又生下一个男孩，她本体弱多病，面临家庭窘境，还听说烧杀抢掠、无恶不作的日本人要打进来，情绪极度低落，陷入深深的抑郁。有一天，父亲爬上阁楼，发现至亮妻子悬梁自尽，吓得当场跌落楼下，摔断了一条腿。寄养在奶妈家中的8个月的男婴，不久就夭折了。一年以后，父亲也去世了。

至亮必须站起来，为了家，为了孩子。这一次他不再当伙计，而是兄弟集资，与姐夫联手做行商。时局紧张是危也有机，逆风而行，至亮走出家乡，来往于浙赣，穿越于市镇，钻研供需，采购销售。生意渐有起色，账户出现盈利。至亮按照父母的嘱咐，还清了所欠的债务。

战时做生意如刀口舔血。1940年春节，金华火车站又一次遭日寇轰炸，至亮的货物损失惨重，只能拿回一些残布到吉安销售。伤筋动骨之后，兄弟们对下一步走向存在分歧，结果是商行解散，各自寻找出路。

24岁的至亮又一次成为伙计，经人介绍加入了徐树霖行商组织，当采购员。抖落尘土，再一次向硝烟中穿行，这一回走得更远，往来于江浙和香港，采购各种货物。翻越山山水水，商途也是凶途。有一次去上海采购，随行的小徒弟惦记包袱里的现金，时不时打开看看，被火车上的大兵盯上了，他被带到厕所，门被反锁，大兵勒令交出钱财。小徒弟大喊"救命"，至亮与众旅客拍开门，小徒弟哭诉大兵抢他的货款。此事被闹到宪兵队，这个行为恶劣的大兵被判死刑，枪毙那天还让小徒弟到刑场去看。

一年后，至亮离开徐树霖，加入张亮行商组织，仍然担任采购，仍往来于上海、香港。日军对货物运输封锁趋严，香港货物运进内地相当困难，但至亮仍作顽强努力，挑战不可能。1941年12月，日军占领香港，至亮行商的货物全被没收，至亮人在香港，如同浮萍。家在千里之外，路途风险弥漫，至亮踉踉跄跄逃回家乡，基本上靠双脚跋涉。

惊魂甫定，至亮又去找活路，这次去的是江西泰和县通惠绸布百货文具商行，初任营业主任，后升职副经理，三年后商行被日寇干扰解散。

1945年，走了一大圈后，至亮再次成为无业人员。此时他29岁，不能坐吃山空，于是邀集股款，在家乡梓树镇开设利民寄买商行。鞭炮声和欢呼声响起，日本投降了！房东说，天下太平了，房屋要收回去自营，利民寄买商行就此结业。

而立之年再出发，至亮去了南昌，到新华纱布号谋任采购销售员，初派往长沙庄，后调至柳州庄。

两年后，至亮32岁，辞去新华纱布号的工作，加入柳州庆华纱布号。这次至亮把手上的积蓄投入"庆华"，当了股东，长驻广州庄主持业务。然而辉煌很短暂，因亏损且意见不合，第二年合伙宣告结束。

1949年是翻天覆地变化的年份，其时至亮还在重庆，专注于维持生活，组织行商运货到山城销售。11月，在载歌载舞的欢庆中，至亮欣喜地看到重庆回到了人民的怀抱。

　　1950年5月，至亮回柳州，然后举家迁往长沙，次年36岁的至亮与人合开惠群雨衣行，常驻上海采办货物。1956年1月，在锣鼓声中，至亮被披上红绶带，戴上大红花，领到公私合营证书，从此成为长沙新中机械厂的一名职工。百川归海，至亮终于成为中华人民共和国的一名踏踏实实的劳动者。

　　街头，一个平常的日子，至亮走在上工的路上，雾气如硝烟弥漫，他的背影渐渐变小，模糊。

　　那是我爷爷。

"双抢"来了

　　35摄氏度的气温把深圳人热得哇哇叫，想当年，我们却迎着40摄氏度的高温去"双抢"。

　　早晨，不用别人叫醒，热浪就把你拱起床。母亲早已经忙起来，做早餐，煮猪食，人与猪吃的差不多，就是一锅粥加点咸菜。

　　村头出工的钟声敲响了！其实这是多余的，人们早就抢着出门了。平日里生产队是按时间计工分，男壮劳力每天10分，女劳力是7分，只有在"双抢"季节是按工作绩效来计工分，比如割一亩田是5分、插一亩秧是8分，多做多得，社员们一改平日磨洋工的态度，抢着干活以获得更多的工分。

　　像我这样的学生娃在暑假也是不能闲的，要么是参加集体劳动，每天计3个工分；要么是给自己家人做帮手，割谷或插秧。

　　母亲说："你今天就同我们一起去割谷吧，动作快点儿，趁太阳不那么毒。"

　　我被闷热和蚊子折磨了一晚上，烦得很："催什么催！慢一点儿不可以吗？天塌不下来！"

"说得轻巧，'双抢'就是要抢时间，抢进度，不及时把晚稻栽进去，收成就麻烦了，真的是天都塌了。"母亲说。

"双抢"是中国长江流域特有的名词：抢收庄稼、抢种庄稼。在这里，水稻种两季，七月早稻收割后，必须立即耕田插秧，务必在立秋前将晚稻秧苗插下。如果晚了季节，收成将大减，甚至绝收，一年就有半年白干。

割谷是"双抢"的第一抢。眼前连绵的稻田是农民辛勤劳动的成果，谷穗沉甸甸，稻梗还带着青绿，晴空万里的日子是开镰的好时机。

割谷是个力气活，也是个技巧活。直立的稻穗大概在没膝的高度，收割时躬着腰，左手薅住稻茎，右手握住镰刀柄，弯曲的镰刀够到稻秆的底部，右手使劲一拉，稻秆即被放倒。母亲割稻技术娴熟，人随左手抓起稻秆中部，和握着镰刀的右手一起托着，以最快的速度把稻子在空中划出一道弧线，铺展到右手边地上的稻桩上。整个过程不起身，很快就放倒一片稻谷。

远落在后面，我心急，加快了节奏，一用力，镰刀在稻秆上打滑，刀锋从左手的无名指上滑过，一块肉几乎被切下来，瞬间鲜血淋淋。母亲听到动静走过来，从田边扯下青草揉捏成团，敷在伤口处止血，用手帕包扎。出师未捷先挂彩，母亲说："你回家吧，把午饭和水带来。"

穿着破布鞋走在田埂上，依然感觉到地面烫脚。整个人仿佛置身于一个大蒸笼，热浪从地底下往上涌，在身边翻腾，又从天空倾泻下来。来福叔正挑着沉重的稻捆走过，我说："这天气太讨厌了，如果来一场雨就好！"他在肩膀上挪动了一下担子，说："傻小子，收割季一定要晴天，热死人都不怕，怕的是下雨让稻子烂在田里，那才是欲哭无泪！"

稻捆送到村口的稻场上，先摆在那里，然后堆成稻垛。队长坤叔的老婆翠花在做一些辅助工作，工分虽不及割谷多，但稳定。这会儿翠花婶在吐苦水："没见过这样的白眼狼，前些日子与我家女儿谈婚论嫁，现在却翻脸无情。那个在供销社做临时工的小妖精，居然抢我女儿的未婚夫，还要不要脸！"

以我年少的眼光，坤叔的女儿长得有几分洋气，因为不干农活，显得比同村女孩白净。坤叔和翠花婶一直琢磨着给女儿找一个城镇里的人或者吃商品粮的，这不，前不久找到一个，没想到被人横刀夺爱，能不生气吗？

"双抢"时节全民动员，上至七十多岁老人下到七八岁的孩童，都要尽心尽力，镰刀割手指并不算大事，"双抢"无闲人。因伤做了几天辅助工后，我进入了"双抢"的第二抢——插秧。

稻谷收割之后，田野经过犁、耙、耖变得平整，灌上水后，明镜一般，等待着禾苗来布绿。

盛夏的骄阳把大地烤得软绵绵的，连树叶也谦卑地低下头。踏进水田，好像小船进了太平洋，这白茫茫一片何时能插满秧苗？插秧的动作是，一只手抓一把秧苗，另一只手用拇指、中指和食指把秧苗一株株地插到泥中，边插边退，插完一行换一行。

插秧对于我这样的学生哥来说，如同人间炼狱。烈日当空，把朝天的后背烧烤得冒烟。阳光还把田里的水煮得滚烫，双脚仿佛插在开水中。两腿摆着倾斜的马步，腰一直处在弯曲的状态，像一直绷紧的弓。我隔三岔五立起身子，无奈地看着后方空旷的水田，又看看田埂。什么叫幸福，此时此刻如果能找个地方躺平，就是极致的幸福。

姐姐却是插秧好手，举手投足像一个艺术家，很快领先，绝尘而去。她一天下来能插三亩多水田，一个夏季赚得的工分稳居全村男女第一。母亲说："这丫头不容易啊，读书争不了第一，在田野里要争个第一。"

插秧让人惧怕的还有蚂蟥。当你一脚踏进水田时，蚂蟥就开始了它们的"双抢"节奏，它们在水田里翩翩游荡，身子上下摆动，快速向人腿扑来。看到蚂蟥游过来我尽力避让，用手扫水推开它，然而这是徒劳的。你不知道它们什么时候偷袭，等你有痛感时，蚂蟥已经成功地粘上你，吸足了血，胀鼓鼓的。用手拔下来时它又叮在你手上，好不容易甩掉了，又有新的蚂蟥叮上已经流血的伤口。

乡亲们没有我的大惊小怪，他们自然地拍掉蚂蟥，继续忙他们的农活。完工时，那些黝黑或白嫩的腿上，总挂着一条条血痕，仿佛凯旋战士的军功章。

夕阳西下，是谁在唱念？

"赤日炎炎似火烧，野田禾稻半枯焦，农夫心内如汤煮，公子王孙把扇摇。"

不远处是公社的供销社和食品站所在地，两层楼的房子立在地势稍高处，乡亲们需要的油盐酱醋、针头线脑就从那里买。那些职工不用起早贪黑，不用割谷插秧，这个时候已经洗好澡，吃完饭，在电风扇前拉二胡、吹笛子、唱山歌。父亲说："当农民，拼'双抢'，太苦了！儿子，你得好好读书。"

荷锄而归，月亮已把家门口照得通亮，班主任李老师说："我等你们好一会儿了，今儿是来报喜的，咱们家小满这次中考夺得了全公社第一名！这在过去叫状元吧？"

小满是我。

菜中有蛆

　　跟旅游团到云南，自然要吃当地特色，菌菇是首选。围炉之后，喊服务员，点选特色，摩拳擦掌，准备好好享受鲜美的火锅。

　　"哇！这是什么?！"一女团友一声惊叫，引起了大家的关注。白瓷盆上蘑菇的小伞背面皱褶里，有白色肉虫在蠕动，比米粒略小。有人说："蛆！是蛆！"女士们差点儿呕吐出来。大家分析，这些蘑菇是从冰柜里拿出来的，放到桌面火锅边，随着温度升高，里面的蛆虫苏醒了，一只只伸展身体。大家情绪激愤，高喊服务员，怎么可以把带蛆的蘑菇给顾客吃?！

　　服务员显然不是第一次见到这个场面，从容淡定，说："你们运气好啊！"

　　好运气? 吃蛆?

　　"听我说，"她像小学老师一样问大家，"大家知道一般用什么消灭虫害吗? 农药。为什么你们愿意选择带点孔洞的蔬菜? 那是因为没打农药。这蘑菇里有小虫说明了什么? 说明这是原生态啊! 再说这些小虫子又不是从厕所里爬来的，而是吃着蘑菇的营养长大的，优质高蛋白，恭喜你们啊!"

有道理呀！刚才叽叽喳喳的不满变成了饶有兴趣的倾听，然后竟都相信了。服务员飘然而去，吃货们情绪多云转晴，高兴得忙乎起来，把带着肉虫的菌菇放进沸腾的汤锅里，开始享受高蛋白的美味。

忽然想起高中时候，每周六走十里山路回家，母亲里里外外地忙，腰都伸不直，几乎没空正眼看我，只是一次次地叨叨："你这薄身板干不了农活，将来穿草鞋还是穿皮鞋，就看能不能考上大学，自己看着办吧。"我像孙悟空被人念了紧箍咒，烦得很。

周日下午离家回校，背包里内容是标配：交到食堂里的米，一个玻璃罐头瓶里装着菜。菜是母亲用萝卜干或青菜梗炒的，每周头两三天不买菜，就吃这个，后两天才可以到食堂买几分钱一份的热乎乎的炒白菜。

有一次，到了后半周，带去的瓶装菜吃空了，口袋的钱也不多，正犹豫着，一个同学说："你不用去饭堂买菜了，吃我带的腐乳吧。"我心怀感激，凑过去，将筷子伸到罐头瓶口，但见腐乳已经溃散不成块状，有一个白色肉虫从中探出头来，打个招呼，我本能地"啊"了一声，脱口而出："蛆！"同学马上到把瓶子收回去，很不高兴地说："白送给你吃，哪有这么多话！"仿佛就在这一刻，我成熟起来了，马上表示歉意和感谢，我说还有钱，去窗口买份炒青菜，增加维生素。虽然我没有吃那块带蛆的腐乳，但他的慷慨大方依然感动了我，增进了我们的友谊。

范老师年长，他的故事味道更重。少年家贫，他十来岁去"上水利"。寒冷的冬天，跟着成年人离开家，去水库工地筑大坝。挑担、拉车都是很苦很累的活，但粮食供应相当有限，何谈饭菜质量。开饭时，炊事员用木瓢从大木桶里舀一瓢菜粥，饥肠辘辘的工友们端起碗就喝，毕竟这热乎乎的食物既充饥又暖胃。很容易发现菜粥上有白色的蛆壳，不吃是不行的，没有别的选择。讲究的人会用嘴猛吹几下，把蛆壳吹到碗边，再用筷子把它划拉掉。那些不细心、不讲究的人，则是"闭着眼睛吃毛虫"，囫囵吞粥，喝得干干净净。毕竟蛆壳的观感太差，大家抱怨并向领导反映，总不能让人吃蛆吧！领导说是要改进，叮嘱厨房落实。几天过后依然如故，厨师也有他们的难处，因为萝卜菜都在地里浇过大粪，粪便中的蛆残留在菜叶子上，晒干后成了瘪壳粘得很紧，需要用指甲逐个刮才能去掉，那么多人要吃饭，刮蛆壳的工作量会很大，哪能再找人工？

不负母亲的叨叨，我跳出了"农门"。大学食堂的饭菜质量也不敢恭维，菜是老三样，饭是陈化粮。忍无可忍时，有些同学会不满，在饭堂门口敲着空碗抗议，扬言罢餐，我总是默默走过，买上一份饭菜，找一个角落，夹出菜中的绿色长虫，安静地享用。想想当年的乡校和工地，心里甚至泛着幸福。

"嗨，您琢磨什么呢？瞧这些蔬菜和水果多鲜嫩、光亮，又漂亮又好吃。"旅游团里一位打扮得很精致的美女，用甜美的声音把我从幻想中拉回来。她的手指白玉般葱嫩，指甲涂得鲜红，优雅地拿着一个鲜红的小番茄，放进如樱桃般的红唇之间。猩红亮眼，美则美也，但细细琢磨，似乎缺了点真实的质感。

大哥进城

　　四安拎着一包肉菜回家时，天已经大黑了，出电梯门，见家门口黑乎乎的一堆，以为谁把杂物放在这里。这时，却不料站起来一个人，说："安弟，你可回来了！"

　　"原来是大哥。从家里来？咋不事先说一声？"

　　"这不是事儿急吗？知道你这些日子没出差，只是没想到下班这么晚。"

　　"进屋进屋，先喝口水。"

　　四安家兄弟四人，二哥在县城，三哥在南方打工，只有大哥还留在村里。大哥种庄稼、栽果树、养鸡鸭，日子过得还可以。乡下离鹏城不远不近，坐绿皮火车不到两小时。

　　大哥把带来的核桃、鸡鸭拿出来放好，问，侄女还在住校吧？弟媳还没下班吗？四安说是的是的，都忙。心里却想，还好老婆上夜班，乡下客人来多了，总觉得给老婆添麻烦了。作为一个"凤凰男"，四安从山沟沟里考上大学，留在鹏城，四十多岁，当上处级干部，其实挺不容易的，屋里屋外都得小心翼翼。

"饿了吧？我去厨房做饭。"四安说。

"不急不急，我路上吃过几个馒头，先聊事。"大哥点起了纸烟，知道四安不抽，自个儿笼罩在烟雾之中。透过烟雾，四安仿佛看到了父亲，大哥从小就辍学打工，为的是一家生计和供弟弟们读书，长兄如父，大哥最关照的就是四安。

"村里又在忙着选举，李村二柱和刘家庄刘能怼得厉害，你嫂子说得对，咱们不掺和，咱家兄弟在城里当官，谁还能把咱怎样？"大哥长吸了一口烟，随着烟雾的释放说，"可惜咱爹娘去世太早，没看到安仔的大出息！"

"大嫂说不掺和是对的，咱们家并没有什么值得耍威风，低调点好。"四安说的是实话，他一直都是低调做事。

"低调好，低调好，一般的事就不麻烦你。你侄子智儿这不是今年中考吗，临场发挥不好，比县一中分数线低了3分，学校说对这些差几分的学生可以扩招，但要交6000块钱赞助费。"大哥又吸了一口烟，说，"咱也不是出不起这钱，可你嫂子说，人家有关系的都找人打招呼，咱家兄弟在城里当干部，级别跟县长书记一般高，说话管用。"

四安知道6000元对大哥来说并不是小数字，否则不会亲自来一趟，若是小事情打电话说说就行。四安没作过多的解释，用手机拍下了学校关于赞助费的说明，上面有联系电话和收款账号。

四安让大哥先洗澡，自己到厨房炒了几样菜，然后哥俩就坐在一起喝几杯，听大哥唠唠老家的事。

几天后，四安下班回家时，老婆在厨房里已经忙开了。饭菜端上桌，老婆戏谑地说："安大人，有能耐啊！"

四安一惊：难道老婆发现什么破绽了？"啥叫能耐？咱家最能干的是夫人您。"四安满脸堆笑。

"别扯犊子了！大嫂今日打电话来，说你给他们办成大事了，智儿上一中的事你一打招呼就灵。"

"哦，是这个事，智儿本来只差3分，有这个资格。"四安说。

"不过我觉得这事并不妥，智儿去上二中又怎么啦？大嫂话又多，把这事嘚瑟出去，影响并不好。"

"夫人这话说得很有水平，你明儿叮嘱大嫂不要乱讲。"四安真心觉得老婆虽然强势但懂事理。

两个月后，智儿顺利地进县一中了。这天下班时间，老婆开门就紧张地找四安说事。啥事这么紧张？老婆说："大嫂今天又打电话来，说县一中免交赞助费的事被人举报了，纪检部门正在调查，不合规矩特别是打招呼不交赞助费的学生要退学，违法的要被问责。"

"大嫂有什么想法？"四安问。

"她什么想法，她想你再找人打招呼，保护智儿不被清退。四安啊四安，我当时就觉得你做得不妥！"老婆很躁。

"知道了，既然事情发生了，就按照规矩处理，急不来。"四安安抚老婆。

老婆嘟噜着说："什么兄弟，专惹麻烦！他自己去收拾烂摊子吧，咱千万别引火烧身。"

这天又是老婆先下班，四安到家时，饭菜已经摆好了，还有一支啤酒。四安笑嘻嘻地问："今天是什么好日子？结婚纪念日？"

　　"去去去，嬉皮笑脸的，今日心情好！"老婆给四安倒上一杯啤酒，说，"大嫂又来电话了，说智儿的事顺利过关！好吓人啊，该清退的清退，该问责的问责。大嫂说，还是咱安弟厉害，咱娃一点儿影响都没有！"

　　四安还在想事，老婆问："你跟谁打招呼了？不会有什么隐患吧？"

　　见实在瞒不住，四安告诉老婆实情，他根本没找任何人，只是按照学校要求自己转去6000元，帮大哥贴上，合理合法。

　　老婆瞬间变脸，把筷子往桌子上一拍："吴四安，早说嘛，我是那么不通道理的小气人吗？我白白真心待你这么多年，居然这么不懂我！"

大伯是老兵

　　双木匆匆赶回村里，因为有消息说"村村通公路"的政策下来了，政府出资百分之五十，村民自己出百分之五十。村里的农民哪有什么钱？于是村民委员会主任（以下简称村主任）打电话把双木请回来。

　　双木是个爽快人："咱在城里混这么多年，不穷不富，但为了家乡，我出20万元！"村主任说："叫你回来，不只是让你出钱，还希望你出面动员一下，让村里其他在外面的人一起支持。"一合计，真正靠谱的只有胡家，我大伯。

　　大伯是一个70多岁的退伍兵，立过战功。退休以后，他就带着我大娘回老家，种粮、种茶、种菜、养鱼。刚回来的一两年，他在几口池塘养了不少鱼，春节前，把鱼捞起来，免费分给左邻右舍。刚开始好评如潮，但后来出问题了，"为什么他家的鱼大，我家的小？为什么他家的品种好，我家的是便宜货？"大伯就不敢再送了，于是把鱼晒干或冰冻，自己慢慢吃。粗茶淡饭，老兵大伯很节俭。

　　大伯命好，两个儿子很有出息，一个在省城当干部，职位不低，另一个在鹏城开公司，据说上市了。更让人羡慕的是，这两个儿子都十分孝顺，几乎把父亲的话当军令。

双木登门造访，不知是不是因为以前送鱼惹了一身骚，大伯这次不言语。"这是为全村集体办事，不涉及个人。"双木说，修路是关系全村和子孙后代的事，是一份功德。"要多少钱？"大伯终于开口了。双木说："村里总共要筹100万，我出20万，其他人指望不上，您看能不能出80万呢？"

大伯话不多，第二天就去了鹏城。在我堂哥的豪宅里，他简单地说了一下情况。平时对父亲低眉顺眼的堂哥今日有点儿烦躁："爸，咱们要低调一点，不要充暴发户，掺和乱七八糟的事。"老爷子不言语。吃饭的时候，满桌的美食上来，孙子去喊爷爷吃饭。"不吃！"我堂哥心想，坏了，老爷子今儿很生气呀。于是到大伯跟前，说："好吧，听您的！"

大伯回到村里，村主任和双木都喜滋滋地过来了。资金一到位，就可以开工了。"且慢！"大伯发话了，"这个工程由我当总协调，所有开支明细、进料使用都由我把关。"村主任笑得有点儿勉强："当然可以。"

开工仪式请来了县、乡领导，村主任邀请大伯出席并剪彩，被拒绝了。开工后，老兵大伯早出晚归，全心扑在工地上。施工人员的饭菜由他老伴亲自做，人工和伙食费都不用大账出，大伯自己额外掏钱。饭菜质量还行，大伯偶尔还安排些水果、点心和酒。只是鱼不太鲜美，那些从自家塘里捞起来的鱼在冰箱里放太久了。

老兵大伯的账理得很清楚，工程细节更盯得紧。钢筋水泥一定是正规渠道的，价格要实在，材料入库严加看守，施工不可以偷工减料，人工费要准确，不能虚报。当然，工人的工资更不会拖欠。村主任找不到抓手，变成了闲人，只是偶尔去看看，叉着手指示几句。

几个月下来，大伯瘦了黑了，但精气神好。宽阔的公路让附近村的人很是羡慕，本村人感激且骄傲。通车仪式那天自然是一个喜庆的日子，上级领导要莅临现场，这是新农村建设的典范啊！村主任带上双木做了好半天工作，大伯才松口，答应露个脸，不过坚决不发言，说自己嘴拙。

事情办妥，财务清楚，老兵大伯便回归常态，去打理自己的一亩三分地，不喜不忧。

有一天，双木遇到本村的阿水，听他在咬牙切齿地骂："这么抠门的老头，怎么不早点去死！"原来他曾请求过大伯，筑路的时候顺便把他家门口连接主路的一段，也用水泥铺起来，当然是要用公众的钱，老兵大伯理都不理他。

鲜活的小贩

　　人说小镇是慢城，可我刚拉开窗帘，惊叹峰峦之上的红霞，洗漱片刻的工夫，就已是云雾缭绕了，快得很。

　　拎着相机下楼，天已亮了，街道似乎还没有醒，只有两三人睡眼蒙眬地发呆或抽烟。不远处却有嘈杂声音，只走5分钟，就见到一条热闹的街道，挤满摆摊的和买菜的。小贩大多数是大爷大娘，也有年轻些的妇女，他们来自镇郊或者山里，有类似的深色皮肤和气质。这本是一条光鲜的街道，银行、时装店、首饰店、超市、理发店等清新明亮，这会儿却被这些在广东称为"走鬼"的人占领。除了这些小贩，熙熙攘攘中还有普通的居民、体面的公家人、洋气的主妇以及晃荡如我的外来客。

　　买卖的农产品简单却丰富，说简单无非是瓜果肉菜之类，歪瓜裂枣的却是原生态，带着山中的泥土和清晨的露珠；说丰富是有些我没见过的，不说那些大小不一的红皮萝卜、不桃不李的山里果实，还有些是此处独有的。有一种像相思红豆的，很亮眼的果子，他们说是"五味子"。这不是一种药材名字吗？是的，是果也是药。尝了一下，甜中带酸涩，还行，但80多岁的母亲坚决不吃第二口，说可延年益寿也不听。卖者说，五味子是野生的，长在小镇背后高耸的大山里。还有一种长条形状的果子，叫"八月炸"，成熟后会开裂，张开似乐呵的口。八月炸也是野生的，只有那座山才有，必须爬山攀岩才能摘到。

忽然想起马克思的理论，这些宝贝在山峰上原本没有价值，采摘的人的艰苦劳动才使其产生了价值。于是幻想也去山中体验一把，人家给泼了一盆冷水：山高林密不是你这种"饲料鸡"身体能承受的，而且山中有蛇、蚂蟥，甚至有熊。

问一长者，在这里摆摊要不要交费？他说不用，但时间只能是早晨这一段时间，八点就要清场。我转过几条仍然冷清的街道回来后，晨曦已变成朝阳了，果然几个穿制服的人在开始吆喝："到点了！到点了！"小贩们的果菜大约卖出了四分之三，要作最后的冲刺。买卖双方恋恋不舍，对买者来说，等会儿若去室内菜市场，价格贵不说，还不是真正农家的。穿制服的人见惯了这欲罢不能的场景，一个个地定点催促，语调高却不生硬，甚至用手拍拍小贩的臂膀，像提醒自家亲戚。

一大娘挑担从街上撤退，笑着对我说："管理人员要我配合工作，说看见那个拿相机的人吗？可能是监督工作的。惹出麻烦，大家都不好交代。"我笑言："我只是过路的，不是上级或记者。"大娘说："没事的，我也该回去了，卖不完就自己吃。"

不是所有的小贩都这么善罢甘休。小贩中的多数是近郊的农民，小镇近年在逐步繁荣，但最受惠的并不是本地农民，街上做大生意的基本上是外来的，他们有本钱、有头脑，而本地人只熟悉种地或做点小买卖。清场后，有人推着小车，有人挑着担子，有人拎着篮子，开始了"运动销售"模式。

他们对地形和城管了如指掌，知道哪个地方更适合卖出最后的果菜，让凝结着自家汗水的农产品找到归属，由产品变成商品，实现经济学中"最惊险的一跃"。

有些小贩则是全日制的，这在南方被戏称为"走鬼"。他们卖的品种并不多，这个季节就是葡萄、五味子、核桃，这些不是他们自家种的，却是他们赖以生存的营生。从早晨到深夜，他们蹲在某个街角、墙根，眼睛灵动地观察着远近，或寻找买主，或观察城管。嗖的一下，他们拎起篮子或推起小车就跑，这是城管来了。城管当然不是摆设，有严重警告甚至没收财物的时候。更多时候他们有惊无险，城管人没到，车喇叭就响起了，似乎是给他们事先告之。小贩说，城管也不是恶人，是职责所在，只要不特别影响秩序，不是特别的日子，他们不太为难我们。

入夜，回酒店时，门口一个摆摊的大娘热情地打招呼，看着晶莹的葡萄，我买了两斤，用微信支付。妻子走过来说："不够吧？给同行的旅伴一点儿。"大娘反应迅速："当然不够，再拿点儿！"说话的过程中，已经装了满满一大袋，称好塞过来，热情得像赠送。

小镇不大，小街很短，灯光朦胧，背景是深绿色的大山，水墨丹青、人间烟火融为一体，感觉奇妙而温馨，脑海里悄然响起了唐跃生写的一首歌：

叫不出名字都叫格桑花

看一眼春天就会想起它

悬崖是梦，屋檐是家

开在哪里都是生命的朴实无华

……

灯火里的小镇

　　到一个新地方总睡不好，凌晨三四点醒来，推开窗户，月光如水，由远处的大山流淌向谷底的小镇。街道是有路灯的，只是隔着好远一段，亮着白光融入月光之中，被雾水浸润的街面泛着银白色。在这清凉的夏夜、清雅的月光里，忽然看到几团暖暖的黄光，应该是对面街巷里绽放出来的，远看像一团小小火焰，在暗自燃烧。这是谁家忘了关灯或者是早早地开了灯？地面的灯光与天上的月光呼应，暖暖的黄光与冷冷的银光交织，是反差还是和谐？

　　小镇与其他地方差别其实不大，一样有热闹喧嚣的肉菜市场，一样有汽车与行人交融的日常生活。但是到了傍晚，小镇就有所不同，更温婉，更动人。

　　大多数时候，小镇的傍晚是与四周山峰的云雾一起到来的，当雾气涌向屋顶、街道时，路灯、汽车尾灯就是涂抹西洋油画的笔，更确切地说，画面是那种创作中的状态，或浓或淡，或彩或素，或单线条或大泼墨，或清晰或模糊。街上五颜六色的伞，恰到好处地点缀在画面的不同位置，伞下行人的步履让画面由三维变四维，十分灵动。

　　有时候我们选择临溪的餐馆，比如"人民公社""大妈的店"，让人把四方桌子搬到室外，靠近水边，点上几个荤菜、素菜，享用真正的山里味道。溪对面或新或旧的楼房的窗户亮着光，像微信朋友圈点赞画面上形态各异、色彩斑斓的方格，方格后面藏着什么呢？长辈的唠叨？壮年的压力？爱情的焦虑？儿童的功课？溪流在月光和灯光的映照之下，哗哗流淌，波光粼粼，仿佛听过、看过，充满生机地匆匆走过。

　　有时候我们会在中心街的奶茶店或咖啡店坐坐，白天的时候可能只有我们这一小桌。我喜欢操心，一方面为小镇有咖啡店的现代感高兴，另一方面又担心它撑不下去。好在傍晚之后，有三三两两的年轻男女光顾，即使是嘻嘻哈哈的打闹，也让人安心。毕竟这里不一样的灯光让这小镇有另一种风味。

　　回来的路上，走过凌晨我俯看过的那条街，一个小面馆的门开着，不过不营业了，白天供客人吃面的方形餐桌后，坐着一个正在做作业的小学生，背后是还在忙碌的母亲和坐在矮凳上抽烟的父亲。小男孩阳光清秀，这缘于他父母的遗传。他爸爸在当地算是高的，身材不胖，肤色不黑，与隔壁小店朴实的山里人有明显不同。女主人长相典雅大气，皮肤白净，除了眉毛作了点修饰，基本上是素颜。镇上的男女肤色比较白，原因是日照比较少，当然，那些整天在户外工作的村民和农民工例外。

　　我们聊了一会儿。女主人说，她家原本在农村，多年前，父亲参加招工，来到镇上当伐木工人，算是跳出"农门"。但后来为保护森林，她父亲就改行了，子女没机会"顶职"。结婚后，她与丈夫一起去远方城市打工，没有文凭，只能拼体力，两人一起一个月只能赚到几千块钱，花掉吃住后所剩无几，加上有孩子要照顾，所以就回家乡来了。

　　在这里应该赚得多些吧？女主人说，稍好一点点。不过做得很辛苦。房租是一笔不小的成本，物价也在涨。周边的同类小店多，淡季时客人更少了。每天男主人都是踩着点，到菜场或杂货店买价格最合适的菜品和物品。当然，质量是要保证的，都是街坊，忽悠不得。另外一个是忙，现在的小店基本上是夫妻二人店，人工雇不起。两人做，真的忙，客人多的时候就像在打仗。

　　早晨几点开工？女主人回答，开门是六点多，可四点钟就要起床了，准备材料，和面，剁馅，包饺子。晚上早睡不了，孩子的作业不少，有时很晚才做完。养家糊口过日子，谁容易呢？是不？

　　说话时，我观察着这位年轻的母亲，素朴，淡定，脸上看不出悲戚或哀怨。回到旅馆，我再次推开窗户，月华如水的黑夜里，那束光在绽放着，那团火在燃烧着。当我们在灯火阑珊的大都市哀叹"压力山大"、吐槽不公平时，有没有想到，在山的那边，有这样的小镇，有这样的普通人，过着这样的生活？

流浪狗小白

我对狗是有点儿惧怕的。别笑话我，当年乡下的狗不是当今城里的被搂在怀里称为"宝宝"的宠物，而是土狗，你也可以叫它中华田园犬。邻村有一个恶人养的狗就很凶，我过路时一般会绕开走。

这是林区一个小镇，养宠物狗不是稀奇事。小镇不大，遛狗不用牵绳，主人与狗若即若离，丢不了的。也有的主人让狗处在散养状态，狗一般知道去哪儿、什么时候回家。有趣的是，在街上见到一只小狗被套上了塑料的嘴兜，仿佛人类戴上口罩，当你看到它鼻子在地面嗅来嗅去时，就知道主人的用心。

我住的旅馆门口是小镇的中心街，这是小摊贩们中意的地方。一只白色的串狗俨然是这里的老街坊，常在货摊之间踱着方步，困了就会在停车场保安室门口睡个小觉，不理会市井闲事。它中等身材，遗传上应该有京巴血统，毛发且长且脏，一看就是个资深的流浪者。

小镇到处都有餐厅面馆，厨房和菜场的残渣剩物不会少，满足几条狗的需求应无问题。因此小白狗没有一般流浪狗的饥饿感和紧张感，与那些同样自由散漫的家犬见面时，很和平甚至友好，表面上看不出尊卑之分。看来，和谐社会需要物质基础，资源稀缺是动乱的根源。

保安从方盒似的收费室出来，小白狗则在半梦半醒中起身，又找另一阴凉处养神。我问保安，镇里对流浪狗不管理吗？他说，管，当然管。隔一段时间会有捕狗队来，用网子把流浪狗捞起来，然后怎么处理咱也不知道。保安接着说，这只狗可精啊，平常不紧不慢地，但到了捕狗的时候，它仿佛事先读懂了政策、得到了消息，及时地钻到某一个角落，无声无息地待上大半天，直到危险过去，风平浪静再出来。

在另一条街，我遇到一只黑狗，毛发纯黑且卷曲，可能是小贵宾犬，虽然黑色耐脏，但一眼看得出是流浪狗，气质有点儿像当年某个很酷很火的流浪汉，天知道是什么原因让这个形象俊朗的生命沦落街头。我拿起相机给它拍照，引起了它的反感，朝我狂叫了一通。自尊心这么强，受不了委屈，不懂得妥协，我真替它担心。

有个地方的流浪狗不是这样。前年春节，我去小国格鲁吉亚旅游滑雪，一入境，机场大厅里就有一只黑色的拉布拉多从容地迎上来，耳朵上还挂着牌子，我以为是机场安保警犬。等我到达山里的酒店，才明白这些都是流浪犬。我们坐在透明的咖啡厅，推门而出就可以看到五六七八只形如拉布拉多或金毛的中型犬，自由自在地在门口，或吃，或跑，或游戏打闹，对客人很亲切，仿佛是家犬，而非乞讨者。入夜，气温会降到零下二十几摄氏度，我担心它们怎么熬过，但第二天早晨，窗外的雪地里又见到它们欢快的身影。

后来发现，格鲁吉亚的流浪狗太多了，街道上、旅游点、大型超市等场所都可以见到，它们或大模大样地走，或随心所欲地躺。由于政府尽可能采取措施，给流浪狗打疫苗、挂耳牌，所以人们对它们并不排斥，它们对人也就不设防、不滋扰。

　　正想着，收到一个朋友发来的微信："我家的旺财跑了！""旺财"是她家狗的名字，是爱狗人士从那个办狗肉节城市的屠宰场救出来的，也是一个四不像的串狗。她领养下来，极尽爱心和耐心，旺财却始终没有安全感，眼睛里飘忽着自卑，不敢与人对视，不敢往人多、狗多的地方去，可以想象它曾经受到的伤害该有多深。这一天，朋友牵着旺财在公园散步，一个旅游大巴来到了停车场，游客熙熙攘攘而出，旺财突然情绪失控，几乎疯狂，从她手中挣脱，飞也似的逃离视线。她说，旺财可能从那个办狗肉节的城市来的游客中，听到让它极度恐惧的声音！

　　我转身去找流浪狗小白，却不知道它晃到哪儿去了。

碉楼女人

从远处看，碉楼像一个个瘦高的鸟笼。

开平有好几处碉楼村落，我们先到自立村。没人告诉我它什么时候开始被称为"自立"村，但见高高的碉楼群之外，长出了一些新或半新的方块形楼房，简单实用，没有美感。碉楼鹤立鸡群，古朴雅致，但喧嚣中有几分落寞，嘈嘈杂杂、进进出出的是游人，楼主人则被铭记在牌子上。本土年轻人大多外出了，阿婆在自家门口忙碌，阿叔在田地里劳作，养家糊口，自立自强，一副生活本来的样子。

几个穿破洞牛仔裤的女孩，叽叽喳喳地走来，大步跨进碉楼大门，像一阵旋风，让我一阵眩晕，迷迷糊糊之中浮现出一幅异象：一个穿旗袍的女子逆向而来，从姑娘们的身边侧身而出，飘然远去。

大堂并不宽大，但端庄森严，方案旁边，仿佛坐着一个威仪的长者，审视着来人。要知道，百年前，能够建一栋四层以上碉楼的，非一般人家，家中男性长者非等闲之辈。

导游小穆说，开平碉楼集中西建筑艺术于一体，在居家、防涝、防匪的同时也彰显主人的成就。"富贵不还乡，如锦衣夜行"，这远高于普通民宅的碉楼，是海外游子的血汗成就，是衣锦还乡的光鲜荣耀，也是悠悠乡愁的深切表达。

拾级而上，二层以上有更多内容，有主人、夫人、如夫人及长子、次子、大小姐、二小姐等人的卧室、闺房或者书房，顶楼上还有供奉"天地君亲师"的神龛。精巧的布置也许能以假乱真，依稀展现旧时的模样，但深色的家具及窄窄的窗户，让人感觉到几许深沉，空空的闺房更有一股凉气。忽然想起刚刚入大门时的幻境，莫不是这大家闺秀受不了喧闹或耐不住寂寞，而悄然回避了？

寂寞可能是碉楼的主基调。大宅建成，昂首荣归的男人，肯定会举办一场盛大的庆祝活动，这是他苦难辉煌的总结，也是再次出发的起点。他们将再别家乡，漂洋过海。留在碉楼里的，有他的父母、妻妾和子女，也许还有蜜月之后的新妇。

碉楼在沉寂中慢慢斑驳，思念却在悄然长出新芽。

碉楼女子必须是端庄贤淑的，她们裹着"三寸金莲"，只能在碉楼这个圈子里行走。她不曾知晓与丈夫隔了几道河、几座山，但无论他在哪里，都不曾走出她的惦念。我脑海里闪现出一些在海外见到的华人面孔，在唐人街的杂货铺里，在中餐馆的厨房里，在拉斯维加斯的赌桌上。一些旧照片让我回望百年前的美国西部，在山谷矿井，在铁路工地，那些餐风饮露、含辛茹苦的劳工队伍中，哪一个面孔是她的男人？而在家乡，碉楼之上，女人们会踮起小脚，眺望通江达海的河，河水托起船，船托着梦，梦中寄托着衣锦还乡，梦寄托着鹊桥相会。

偏僻处，有的碉楼已经陈旧不堪，被人遗忘，被遗忘的还有这里的女人和她们的故事。小穆就是碉楼的后人，父亲的爷爷当年被"卖猪仔"远渡重洋，留下妻子及一双儿女，从此，只见钱来不见人影。

张爱玲曾经叹息："我以为爱情可以克服一切，谁知道她有时毫无力量。"碉楼女人用一生一世去坚守，守护故土家园，侍候公公婆婆，抚养子孙后代。这些付出，能有回报吗？这些情感，能被珍惜吗？

布谷——布谷——，一阵鸟声从树林里传出，像唤醒，像催促，一声比一声急。这声调，在苦恋者的耳朵里成了"不苦，不哭"，哀怨、惆怅甚至断肠。男人走时，一步一回首，而今却不知身在何处，心在何方。碉楼女人的梦中男人，是功成名就还是穷困潦倒？是心牵故里还是另结新欢？又有谁知道？

斑驳的碉楼像古徽州的牌坊，经历过多少风吹雨打，那一面灰墙仿佛是女人寡白的脸，那扇窗户和经年的雨漏痕迹，像忧郁的眼睛和泪痕。

碉楼前面有一个茶吧，一对青年男女在闲聊：

"这些楼里的婚姻都是包办的吧？父母之命、媒妁之言。"

"必须是。"

"那多没劲啊！万一找到一个三观不一致的，多悲催啊！"

"哪有什么三观之说，只要门当户对。"

"爱的不能相守，不爱的绑在一起，太没有人性了，这种婚姻肯定不幸福。"

"也未必，没有选择，没有外在诱惑，也许婚姻更稳定。而现在的咱们，自由是自由，但感觉却平淡了许多。"

"喊！终归是现在的方式好！"

傍晚，碉楼拖着长长的影子，与乡村逶迤的道路纵横交织，河流静静地穿桥而过，流向远方，村民扛着农具，牵着水牛回家。我脑海里浮现出那首熟悉的元曲："枯藤老树昏鸦，小桥流水人家，古道西风瘦马……"古人太厉害了！这哪儿是在遣词造句，而是在描绘一幅画啊！这幅画就在此刻，就在眼前。

夕阳西下，还有多少断肠人在天涯？

秋　穗

　　明德下班回家，妻子已经将饭菜摆到桌子上，他搓搓手做抓菜的动作，妻子拍了一下，说："去，先洗洗手。"

　　坐定以后，明德感慨："啥叫幸福，老婆孩子热炕头就是幸福！"

　　妻子说："哪那么多感慨？秋穗刚才来过。"

　　"咋不留人家吃饭？"明德说。

　　"留过，她心事重重，说还有事要去办，让我把这给你，说是歌颂春天的散文诗。唉！诗能当饭吃？你们这些穷酸文人。"妻子摇头叹气。

　　"我算哪门子文人？"明德显然不同意。他其实是一家国营大厂的工程师，大学学的是机械制造，只是语文基础比较好，工作后写写宣传稿，偶尔写几句小诗发在报纸小缝里。

　　"可人家崇拜你。"妻子的话有点尖刻，"一个乡下姑娘，考不上大学，用结婚的手段进城，在大集体企业找个活干，应该不错了，整天折腾个啥？诗歌散文能赚几个钱啊？反而把心态都搞坏了！"

　　"冒酸气了不是？你这端庄大气的城里人，可别歧视乡下人，我也是乡下人。"明德笑着说。

"我吃哪门子醋？量你也看不上她。我只是觉得他们一家怪可怜的，老公一个憨厚的工人，本该过上踏实的日子，却摊上这个夹生的女人，总骂他俗。孩子生活在争吵之中，无穷无尽，暗无天日。秋穗自己更可怜，老觉得遇人不淑、怀才不遇，神经兮兮的。"妻子说话如珠落玉盘，脆脆爽爽。

明德认同这一说法，秋穗的诗词阴暗而压抑，甚至是落寞且绝望，但除了评点几句之外，他还能怎样？

深秋的一个下午，秋穗敲敲明德办公室的门，像一枝秋后的芦苇立在风中，面孔憔悴暗黑，语调中却有丝亮色。"明老师，我离婚了！"

"什么？离婚？你发昏了吧？"明德嗓门很大，顾不上其他同事的诧异。

明德把她引到走廊，急切地问："真离了？孩子怎么办？你以后住哪里？"

"真离了，与一个蠢货在一起很痛苦，终于解脱了！"秋穗枯黑的脸上泛起了光，"从此以后，我是一只破茧而出的蝶、一只冲出牢笼的鸟。"

"你还真能飞？"明德显得忧心忡忡，他担心这个女人的生存。

秋穗看出了明德的顾虑，说："明老师，不用担心，我准备过些日子去苏州，与人结婚，开始新的生活。是笔会中认识的朋友，有才情，很温暖，我们相见恨晚。"

"还是要弄清楚背景，不要太匆忙。可以先去看看，这边的工作不能丢，至少经济上能够自立。"明德还是放心不下。

"知道您很关心我，但这边的工资很低，到苏州能找到更好的工作，再说这地方我确实没什么留恋的，除了您。"秋穗显得很超脱。

深秋的厂区大道上，秋穗就这么走着，身后的落叶在地上打着转。

刚到苏州时，秋穗给明德写过信，对苏州的园林和市井充满了诗意表达，对未来倾注了期待。

国营工厂越来越不景气了，但明德仍然忙，像极力拯救一个垂危的病人，哪有心思想诗和散文，更顾不上秋穗是否来信。

春天里，明德举家迁往了深圳，很快得到了香港老板的认可，当上了总工程师，在这个"时间就是金钱"的地方，一头扎进了工作。民以食为天，诗和散文只能放在远方。

那家国营大厂在明德离职后轰然破产，厂房被廉价卖给一个浙江年轻人。老工人拿着微薄的社保维持生活，其他人如深秋的蒲公英飘散开来，自寻生路。

在深圳嘈杂的车间里，明德接到一个电话，有人告诉他：秋穗死了！

明德马上买机票飞过去。

深冬的寒风中，只有她乡下的弟弟、三两笔友和明德，为秋穗作最后的送行。

秋穗离婚后的故事被串起来。到苏州后，对方的子女对她很排斥，而她也不太擅长化解矛盾。丈夫开始还做些调解，后来逐步失去耐心，由于审美疲劳，对秋穗没有了当时鸿雁传书的激情和柔情。秋穗此去苏州，已经是破釜沉舟，没有退路，她哑忍着，黑夜里煎熬着诗句，那是最暗色的文字。

初冬时节，国营大厂的老同事见到黯然回来的秋穗。秋穗知道了，她那个曾经身壮如牛的前夫严重中风，已经被弟弟接过去，苟延残喘。女儿在外地上学，发誓永远不见生母。他们一家住过的房子已经被卖掉，填进前夫医疗费的窟窿中。秋穗去厂办公室求人给一个落脚的地方，却被告知，现在的厂是私人老板的，不再是国有企业，别想那些没用的。

秋穗拉着行李箱，去了破旧的工厂招待所，订了一间长租房。她在紧闭的房子里想些什么、做些什么，没有人知道，也没有人想知道。几天之后，人们没见她进出，心生疑虑，又似乎嗅到一股异味，不好！会不会出事？

秋穗安静地躺在床上，永久地睡着了，像一个诗人一样地睡着。桌子上，有一个空空的药瓶子，她走得从容坚定。

"明老师，这是秋穗最后时刻在纸条上的叮嘱，她要把这些诗稿给您，说只有您懂。"

黄梅戏的源头在哪里

"树上的鸟儿成双对，绿水青山带笑颜，随手摘下花一朵，我与娘子戴发间……"

走在黄梅戏的故乡黄梅县，听着这首曲调，让人心旌摇曳。

第一次听这首歌时，我还是青葱少年，严凤英清丽婉转和王少舫朴实粗犷的对唱，深深地感动了我。天籁之音啊！多么美好的意境，多么美好的爱情！那应该是我人生春天冒出的第一株嫩芽。

按导航的指引，我们来到了"黄梅县黄梅戏剧院"的后院广场，车不多，一台文化和旅游部配送的"流动舞台车"引人注目。转到正门的广场，见到的是儿童嘉年华，满眼都是供儿童娱乐的帐篷和摊位，有射气球的，有蹦蹦床，还有卖烧烤和冰棍的。售票处空空的，剧场大门没有上锁，推门进去，空无一人，撩开剧场厚重的门帘，里面黑咕隆咚的。好好的假期，怎么没有演出呢？后来得知演出是有的，不过安排在20天之后，广告牌上赫然地写着"天泰华府，邀您看大戏"，原来是房地产开发商赞助的。

想起当年，我们村某个人花钱请来戏班子，在我家旁边的土台上，连演了两晚黄梅戏，剧目大概是《天仙配》和《女驸马》。在乡村，这是一件挺大的事，大到像某个国家举办奥运会。只有为德高望重的长辈祝寿、为几代单传的男孩出生、为子女考上大学跳出"农门"，才舍得花这一笔不菲的开销。而对于剧团来说，七八个人组成的班底，分到每个人手上的酬劳并不算丰厚。

戏班子也分等次，价格也不一样，庄稼人讲究实用，一般请便宜的。这种戏班子是业余性的，农忙时务农，农闲时练戏唱戏。我二叔年轻时就爱哼哼唱唱，后来终于有机会组一个班子，他是老生、花脸轮流演；他的儿子，我的那个学习成绩马马虎虎的堂兄，则成为顶梁的花旦。我奶奶为此很是骄傲，仿佛咱家出了马连良和梅兰芳这样的名角儿。

剧院旁边是一个杨柳依依的小湖，我请教一个正在收听黄梅调的大爷，黄梅戏的源头在哪里？大爷说，地理上讲当然是源于黄梅县，而历史的源头却让人唏嘘，黄梅戏源于贫困和灾难。黄梅县地处长江北岸，旧时大部分地势低于江岸，有"江行屋上，民处泊中"之说，自然灾害频繁，水灾更为突出。频繁的灾害，迫使黄梅人纷纷学唱黄梅戏，以适应灾年逃水荒、打连厢、唱道情、行乞他乡求生存的需要。

那一年我们村里请来的戏班子据说是水平比较高的，下午，孩子们早早地就扛来自家的长条凳，占一个好的位置。入夜，在煤油马灯的映照下，伴奏音乐响起，堂鼓、钹、小锣、大锣等打击乐器如珠落玉盘，高胡声清亮奔放，吊足了乡亲们的胃口。在各色人等咿咿呀呀、拉腔拉调、进进出出的过程中，我唯独期待和享受一个姑娘在剧中的花旦表演，好美的身段和音韵！戏剧的章法我不懂，但我懂我内心的萌动和激情。

眼前，黄梅戏剧院安置在城中这么好的地段，建筑大气，广场宽阔，足见黄梅县政府"让黄梅戏回家"的支持力度是大的，但稀疏的演出安排似乎看到市场的清淡。财政的支持并不足以让演职人员过上安心的生活，他们除了拉企业赞助，还得把眼光重新投向乡村。我曾经花10元买票看过一场县剧团的本地戏曲演出，剧情创意、演员唱功堪称精湛，而且比大剧团多了一份原生态、鲜活性。但团长忧心忡忡地对我说，创收好难，留不住人才，压力巨大。

多年以后，我见到堂哥是在他家的稻田里，一个曾经风摆杨柳、百媚千娇的花旦已经回归到敦实沧桑的农民生活。而村里另外一位远房堂兄，则因为一个戏班子进村演出，竟把当家花旦娶到手，让她成为一个脚踏实地的农妇。

有时候我在想，当年那个在村里演七仙女的花旦，在我眼里美若天仙的女孩，现在会在哪里？

天堂寨，在心中

天堂寨像躺在大别山天鹅绒里的一块宝玉。

车在秋天的丘陵公路上起伏，金黄色的稻浪扑面而来，又擦肩而过。放下沉甸甸的工作，到人们称之为天堂的地方来一场梦幻之旅。

呼！一只黑色的土狗突然横穿而过且碰上了前挡板，然后汪汪地叫着跳回路边。附近的人围了过来，黑狗很委屈地接受着村民的检查。狗应该是受伤了，但伤到什么程度它说不出。一个号称狗主人的男人说："这是我家看家护院的骨干，也是孩子们的宠物。""我们赔点钱呗。"价码开到了3000元。这也忒贵了吧?！在人家的地盘，我们显然是弱势群体。我说还是让警察来处理吧。

我们心里不踏实，警察毕竟是当地人，难免会偏心。我们极尽谦卑地与村民沟通，直到警察到来。这件事以付300元解决，我们感觉很圆满，说明此处民风还算淳朴。

到达天堂寨景区大门外已是黄昏，橙黄色的灯光已经亮起，游客显然没有往常的多。迎接一年一度的"红叶节"的舞台正在布置中，组织者在卖力地营造氛围。

　　找地方吃饭。"吊锅"是当地的特色，火塘之上，用铁架支撑，吊起一个锅，放上八成熟的鸡鸭鱼肉，还有板栗、蔬菜之类。人们围坐四周，一手端着小碗，一手拿着筷子，锅里热气腾腾，锅外人气腾腾。有时候吊锅会像秋千一样晃荡，这是因为像我这样的新手上阵，不会均衡用力。好在筷子众多，各方力量相互中和，吊锅相对稳定，不至于把汤水荡出来。与事前期待相比，吃的感觉并不是那么上乘，鸡不是想象中的土鸡，肉也许是冰箱里的冻肉，每天那么些人流水般地吃，哪有那么多地道的乡土风味？也许是今天路上的遭遇影响了心境。

　　清晨，我们开始天堂寨风景区内的旅游行动。景区免门票，但接驳车的费用还得出，时间不长，下车后还得走一段山路，不算陡，合适的地方可以远眺，但这个角度，看到的是淡青的山丘和田野，拍摄不出梯田的金黄和层次感。

　　溪流直下的半山处，有几个亭子，可以买花生、红薯、玉米棒子。往前些，是一个铁栅栏围起来的猴园，有游人拿着香蕉、花生喂食，一扔过去，马上引起猴群的骚动和争抢。有的猴子则从铁栅栏中伸手，嫩嫩的小手掌朝上，乞求游客喂独食。栅栏之外还有几只猴子，它们属于表外科目，是曾经的"逃亡分子"，看似逍遥，但在大山里解决不了温饱，就又回到这里讨点吃食。自由和温饱在这里可能是一对矛盾。

　　沿着台阶往前走，就到了垂直升降电梯的售票处，坐上去就可以在山顶上俯瞰大地，但我们在此打住了，费用只是其中一个原因，还有一个原因是怕浪费时间，我们在半山处已经了解山下的风貌，再高一点儿大概不过如此。

于是我们逆人流而下，离开景区。我们自己开车下行，寻一条支线右拐，去体验真正的天堂寨山民生活。车行之处，经秋的林叶由青绿渐橙黄渐鲜红向我们飘来，由零星到成排到浓墨重彩。我们似乎不是在坐汽车，而是乘着一叶轻舟，被姹紫嫣红的彩浪托起来、浮起来、漂起来！

寻一佳处驻足，把红叶、金稻、碧水、农舍和远方的青山，拢进照相机的镜头里，一幅田园牧歌的画卷便跃然屏幕上。拾一片红叶，感慨着叶脉间流淌的时光；拍一秆稻穗，感叹那躬身谦卑的仪态。对面是一个有百多年历史的村落，树叶的色彩被涂抹在白墙黑瓦的老屋之上，仿佛是着了色的中国画。不知出生在这里的村民是否意识到他们生活在画中。我们走进古村，走进老屋，一房一舍，一砖一瓦，一丝一缕，一言一笑，如源头活水，告诉我们过去的沧桑，指引我们未来的方向。

一曲京腔京韵从前方传来，村头树下，有人在有板有眼地拉着板胡，亮着京腔。村民的介绍让我吃惊不小，这个裹在大山里的角落，居然诞生了中国京剧的鼻祖余三胜。清道光初年余三胜入京，成为"四大徽班"之一春台班的台柱，也是道光时期的"老生三杰"之一。他的儿子余紫云则成为"名伶十三杰"之一，孙子余叔岩是二十世纪二三十年代京剧"四大须生"之一。"三余"闻名遐迩。

一位长者对我说，其实天堂寨曾经是战乱频仍的地方。由于山高林密、易守难攻，就会有绿林好汉占山为王，又由于它处在鄂东门户的战略位置，历来便是兵家必争之地。据说有一支武装占据山顶时，见到山间有一水塘，于是起名"天塘寨"。后人之所以改为"天堂寨"，就是渴望国泰民安、平稳富足，让耕读传家消融刀光剑影，让田园牧歌驱散战火硝烟。

心安之处，就是天堂。天堂寨，在心中。

让他三尺又何妨

好久没有回老家了，趁着"五一"假期，济生开车两小时，由市里回到村里的旧居。

将车停在村口空地上，济生抬眼望去，依坡而建的村庄大多数房子已经拆旧翻新，有的还是气宇轩昂的别墅，好一派社会主义新农村的景象。只有他家的房屋还是土砖黑瓦，像一个穿着灰旧布衣的穷汉缩在一群衣着光鲜人士身旁。

村头的老树下，有老人家在边做事边聊天，这是当下农村的典型画面，能赚钱的青壮年都去了远方，连学龄儿童也去镇上读书了，村里就剩下这些老人家，守着鸡零狗碎，聊着陈年旧事。

济生与乡亲们打招呼，派烟，寒暄几句。济生当年考学跳出"农门"，在城里混得不好不坏，能力所限，并没有为村里人办过什么大事，没作大的贡献。父母去世后，济生回来的次数也少，所以大家只是停留在客客气气上。济生明白，所谓乡愁，实质上是一种自我安慰，如果不是至亲或者恩人，人家是不会在乎你的，故乡其实是回不去了。

村口一个水塘被填平，前两年种上了树木和花草，现在又要铲平，要建成一个水泥广场，准备安一个篮球场和户外健身的场地。济生心里一笑，这又是瞎折腾，这村里留下的老弱病残谁能打篮球，谁又会在做完农活后去甩手摇腿健身？但这不关咱事，随他去吧。

"不像话！绝对不可以！"边喊边走过来的老头是福贵，快80岁的人，还中气十足。后面追来的是他的堂侄孙，40多岁的年龄看上去像30来岁，这些年在城里打拼，赚钱了回老家在原址上拆旧楼建别墅。福贵用手推开侄孙递过来的烟，斩钉截铁地说："做人要凭良心，你家门口地方并不窄，没有理由向外移一米多，侵占公家的广场。"

侄孙给各位长辈派烟，谦卑地说："原本那儿有条水沟，我只是把门口的地方往沟边移一点，不碍大家的事，更没有影响到您家。"他转头给福贵大爷点头作揖。

"笑话，把地盘往沟边移就占理？沟边也是公家的地。不影响我也要管，你敢往沟沿扩我就敢砸个稀巴烂！"福贵灰白的头发乱糟糟地支棱着，充满着倔强。

一众老人家态度含糊不清，有的人正在享受着纸烟，有的人则窃窃私语："论说……这个事还是要依理。"济生对福贵自然熟悉，他脾气本来就不好，后来又从事杀猪的营生，所以说话办事都很冲。济生大致明白这件事的原委，他心里同意福贵的看法，更佩服他的勇气，没有人对侄孙这种侵占行为加以制止，这社会就乱套了。

济生毕竟是城里的干部，站出来，手掌朝下张开两臂，说："这件事还是要依法依规办，一是请村干部出面，二是找出土地权属的原始文书，看线在哪里，不难，不难的。"

众人都说还是济生会断事，好，好！福贵撇着嘴背着手离去，侄孙子愣在原地，脸色尴尬。

济生走向自家老宅。这间旧屋曾经是村里面最端正的房子，是老父亲一辈子血汗的结晶，也是他引以为傲的成就。岁月匆匆，屋子日渐破败，白色的外墙挂上黑色的留痕，屋顶的旧瓦已露出空隙，大门前的空地肆意地生长着竹子和杂草。嫁到邻村的妹妹已经等在大门口，这些年幸亏有她偶尔过来打理，修修补补，让这个老房还能支撑到现在。

"哥，这屋子是放弃还是留下？您下个决心吧。"妹妹说，"我的建议是重建，毕竟这是您和敏儿的祖屋和根。"

济生深吸一口烟，把烟蒂扔在地上，用鞋踩住并扭转一下，说："好，拆了重建吧，照原样建，咱不攀比，留下记忆就好。"

按老传统，老屋的继承权归济生和他的儿子小敏，重建房子自然是济生出资，但妹妹一定会尽心尽力张罗具体施工的事，毕竟她在家乡，方便些。

济生回城后把情况与老婆说了一下，老婆点头同意。

这天下班，来电话了，是乡下妹妹的："哥，遇到麻烦了。"

"什么麻烦？"

"还记得咱们家门口坡下的福贵吗？"

"当然记得。"济生脑子里浮现出前些日子仗义执言的那个偏老头。

"记得前两年他找我商量，他想在后院添一个厨房，让咱们高抬贵手，允许他往后刨一块地方。"妹妹说。

"好像有那么回事。"济生在脑海中搜寻。

"我其实是不同意的，您却引经据典地说让让吧。"妹妹说，"'千里家书只为墙，让他三尺又何妨。万里长城今犹在，不见当年秦始皇。'这是您说的吧？"

"那是古代贤人说的，让就让一点吧。"济生笑道。

"这人真是贪得无厌啊，他哪里只是刨一点，而是向后挖了五六米，我看着就生气，把他给数落好多次。"妹妹依然气愤。

"算了，算了，都过去了，咱家门口面积还行。"济生息事宁人。

"问题是我们这次建房，要把门口前沿的边坡用石头垒整齐，他跳了出来，说要保护土坡的自然状态，不能用石头墙立在他后院。"妹妹说。

"啊？还有这事？这也太不要脸了吧？"济生怒从中来，这糟老头子太过分了！他翻找车钥匙，决定马上回乡一趟。

妈妈笑了

妻子说，老妈在家里天天嗜睡，越来越迷糊，出去走走吧，兴许有点儿帮助。

我们开车去阳西县，看一个叫大洲村的古村落。

车行驶在一条普通的乡村公路上，两旁是南方常见的场景，房子或高或矮都是方块状，像大小不同的纸盒摆在路边或田间，远不如前日去过的徽州婺源，那些民居白墙黑瓦马头墙，自带风韵，而且恰到好处地点缀在山水之间。从阳西县城行车约40分钟，就到了大洲村。停车场上很空，对面同样是方块状的房子，有些楼正在建设中，大概是趁着旅游题材建个带商铺的房屋。

古村前有一个半圆形大水塘，广东人的风水观中，水为财，塘为聚宝盆。眼下是正月，池塘中有一群鸭子在游荡，所谓"春江水暖鸭先知"只是指中原一带吧，这里的鸭子应该没有四季或者年代的概念。

搀着妈妈沿水塘往东挪，见到一个约三层楼高的瞭望塔，像碉堡。一个村庄弄这个建筑是提防什么？碉堡下的大门并不大，有三两人在那里闲聊，仿佛在说这些建筑在当年按照几品官员规制建造，如何拴马，如何落轿，如何核准进入。

进门以后，豁然开朗，一个很大的长方形广场，功能仿佛是晒谷场，其实是大宅子的门口广场。当年为七个兄弟建造的大屋从东到西一字排开，没有巷口屋和巷顶屋的分别，每个单元都是三进三院落、两天井、四廊。七座屋的前廊可互通，相互之间有等距离的巷道，通风采光良好。每座屋虽自成体系，又靠围墙、后院和东西厢房连接，全村又成一大整体，倍感安全，厢房一般供仆人和家丁使用。这气派让我想到了《大红灯笼高高挂》里的乔家大院，想当年这里也是盛况空前。

几年前，我们去过妈妈的故乡，扬州古运河旁的一个小镇。从接近干涸的旧运河河床拾级而上，登岸的第一间宅子就是她的家，前店后房的那种，看起来陈旧甚至破败，但在当年应算气派，而且生意兴隆。近年来，妈妈已经失去了很多记忆，眼前的事忘得很快，但对儿时的场景记忆犹新，那些小街小巷，那些人情冷暖。眼前大洲村的旧式建筑仿佛唤醒她的记忆，她听得那么认真，看得那么仔细，尽管不一定懂，很快会忘。

我们穿过曾是谷仓的巷子，两边大约30个相连的房屋，低矮、破旧、潮湿、阴暗，现时只有一两间有人住，不知道是这家族的后人还是其他人。有一间被改造成办公室，一个男人见到我们很热情，用浓重的乡音普通话叽里呱啦讲了一通，但我能捕捉到的信息不足百分之十。于是一群迷糊的老人、妇女就跟着他，重返大门口听他叨叨。

大洲村建村始祖何恬斋，清乾隆年间在织箕圩上行街开福记油糖铺，全盛时曾在全国开设42间店铺，赚钱后买下大片土地，在河边建村，取名大洲村，算起来有240多年历史。后来，何恬斋第七子何桂萼率本族子孙相继

又建起祠堂、学馆，并在四周砌筑围墙、炮楼等。

由于方言的障碍，这些信息主要是从告示牌中获得的。给了讲解的男人100元后，我们搀着妈妈往后院走，那里的花园有许多植物，她步履蹒跚，走几步就停下来，既是歇息，也是欣赏花儿。走过曲折花径，就可以看到河流。

大洲村背靠织簣河，面向龙高山，波光粼粼中，好像一张浮于碧波上的竹排，逐浪行进，自信又浪漫。据称这地方当年是请顶尖的风水先生精心挑选的，号称风水宝地，但是它仍然抵不住岁月的侵蚀。因建房子耗资巨大，损了家庭财产根基，又因后人过惯了闲逸生活，坐吃山空，入不敷出，"碧波上的竹排"禁不住风吹浪打，自此每况愈下。

妈妈12岁时就从扬州小镇的码头启程，开始了风雨飘摇的人生。先是到上海，然后越漂越远，最终落脚到湖北一个城郊工厂，打工谋生，结婚生子，发枝展叶。多年后，她下了很大的决心，带着孩子们，沿着长江、运河回扬州。尽管一路上睡甲板、吃素面、自带水壶，但还是要"用了半年的积蓄，漂洋过海地来看你"。

大洲村大宅里面已不复当年格局，摆的只是一些道具，无非是"三纲五常"、民俗风情、家居农具那些，倒是那个"恬斋公书室"让人印象深刻，这是个集祠堂和家学于一体的地方，传承儒家文化和知识。妈妈虽然只读到初中，但对文化和家教从不松懈，不仅引导子女知书达理，自己也谨言慎行，83岁的她，虽然时而清醒时而糊涂，分不清面孔，不明白时间，但绝不会有狂躁，不会有丝毫的粗俗言行。

从西门出来，过一座桥，就是一棵很大的榕树，树的那边有一些新的民居。榕树下一群男女在忙碌着，他们是在为当晚的婚礼做准备。鸡鸭鱼肉、生猛海鲜、瓜果蔬菜，十分丰盛。不远处有一口井，井水汨汨翻滚涌出。洗菜的女人说，井水清澈甜美，长流不息，不信你们试试。妈妈颤抖双手掬起清水，把嘴和脸浸入其中，不知道是洗脸还是品尝。抬起头时，只见那沧桑的面孔像菊花带露，绽放喜悦。

妈妈笑了！

第一章　人在深圳

第二章　梦里家园

第三章　远方不远

是什么留住你们的脚步

简直是疯狂!

妻子离职后第三天就实施自由行计划,带着80多岁的老母亲走天下。老太太有高血压、糖尿病,两只手都摔断过,且思维模糊,但她最深的愿望是"出门玩"。说到做到,走过周庄、崇明岛、庐山、重庆、成都、乐山、自贡、万州、三峡、宜昌等一串地方,已是数月。七月,在三省交界处的一个小镇,她们按下了暂停键,并且打电话要我过去,说值得的。

有什么值得?放弃大城市的安逸,舟车劳顿,离群索居,不可思议。我请假出发,打算去做做思想工作,带她们回来。

坐飞机到中转城市已经是深夜,第二天一早坐汽车,迎着小雨进山。司机说现在好了,可以走一段高速公路,如果是往年,说不定要花10个小时翻山越岭。车在细雨中穿行,有过不完的山洞和桥梁,群山绵绵。下午时分,云开日朗,终于见到了成片的建筑,小镇到了。

下车后,拉着行李箱只走10多分钟,就到了她们长住的地方。"你们就住在这么窄且陡的街边旅馆?"妻子说:"这可是镇里的核心商业区呢!"

核心区？除了几间银行和超市体面点，其他的都是杂货店、水果摊、小餐馆，也有卖奶茶的店，但人很少。街道小店屋檐下有大娘在叫卖，筐子装着不多的蔬菜和水果，她们黑里透红的脸色与墙根的古朴倒是相衬。

选一家面馆解决饥饿，热干面6元一碗，我点了一碗牛肉面，12元，分量很足，麻辣鲜红，热气腾腾，难怪街上飘溢着川菜的味道。妻子说，她们早上和中午都在小馆吃面，晚上去餐馆吃饭，以素食为主。一个曾经的商界"白骨精"居然沦落到如此程度，很难想象。

从所谓的中心区往下走，很快就到了一条穿镇而过的河，顺河而下，不到一公里，就见到了小镇的边界，往前只有河流和公路穿过峡谷。我们掉头，沿街而上，果然越往上走，越有浓浓的年代感，仿佛时光倒流好多年。街上行人稀少，偶尔与挑担子的人擦肩或并肩，两三公里后，就是城镇与乡村衔接的地方，中间穿插着菜园和农地。黄昏时分，山腰上飘着白云，慵慵懒懒的，河床中有清澈的水流过，并不急躁，时间仿佛缓了下来。曾经忙碌的民企高管，怎么可以在这个地方待那么久？

晚餐我们选了位于河边的一个小餐馆，并且让店家在室外摆了一张桌子，溪水从身旁流过，伴着我絮絮叨叨地劝导。妻子并不正面回答，而是笑着说，有点儿凉吧？短袖T恤不够的。夏夜的小镇，温度适中，坐在溪边会感觉有点儿凉。从深圳出发时，我怎么也下不了决心带上厚的衣服，因为八月中的深圳闷热难当。她说小镇居民夏天是不用空调的，八月的晚上睡觉还要盖被子。我知道她想表达什么，如果是考虑老人家避暑，那么再待几天就回去吧，南方的热天会过去的。

小镇的早晨是从云雾飘荡中开启的，大山仿佛在白纱帘后观看百姓的生活。最主要的街也不宽阔，上班时间车辆多，略显拥挤，没有红绿灯指引，司机们不急不躁，等一等总会通过的。买菜的人、吃早餐的人让小镇的清晨鲜活起来。一般的早餐店是不用排队的，人们等着油条炸好或面条端上，顾客人数勉强维持着小店的生存。

早餐后，其他的店铺也陆续开门，那些已经在城市消逝的特色作坊还在小镇顽强地存在着，有弹棉花的、轧玉米的、榨食用油的、酿土酒的，看劳作者的形象和气质，像是由更深处的山村过来。只是街角处，会有从早到晚守候在水果摊后的40岁左右的妇人，淳朴中透出清秀。心想，如果在大城市，她可以靠颜值吃饭。街头上居然经常有人向我们打招呼，因为妻子曾经在他们店里喝茶、吃饭或购物。小镇面积不过4平方公里，3万多人口，问店小二是否认识镇上所有人，笑答"至少是面熟，包括这母女俩"。一个女儿每天挽着一个颤巍巍的老太太走过，似乎成了小镇一道新风景。

沿河有一条很长的步行道，通向更远的山里。绿色扑面而来，山水左拥右抱，瓜果从菜园子伸出，桂花的香味弥漫在空中。偶遇路边种菜的农民，问了些有关农业的幼稚问题，人家不厌其烦，还鼓励我们采摘品尝，甚至拿走一些。

大山脚下，浓浓的绿树中，点缀着一栋或几栋白砖黛瓦的房子，一幅很美的画卷，远胜于城中价格昂贵的豪宅小区。一个房主热情地邀请我们坐坐，泡上了青嫩的山茶，点上一支烟，天南地北地聊起来。这间两层楼的房子住着花甲之年的夫妻俩，儿子、女儿都在省城工作，并且成家生子。他们去城里住过，但放不下山里的家，惦记着许多：清新的空气，清澈的溪流，新鲜的果菜，夏天的凉爽，舒服的人际关系，山山水水，一草一木。千万不要以为这里闭塞保守，电视、手机和各种渠道，让他们能及时感知外面的世界。此时，女主人的手机里正传来播报："神舟十五号载人飞船发射成

功……"

小镇的夏天以晴朗为主，但今年似乎多了一些雨水，云雾弥漫山峰之后，街上就开始有细细的小雨，细到只会滋润皮肤的感觉。当各色的雨伞撑起来的时候，湿湿的街面映衬出一种宋词和油画般的意境，脑海里浮现戴望舒的那首诗《雨巷》，一个撑着油纸伞像丁香花一样的姑娘走过来，该是什么样的浪漫。我们真的在一个小店里遇到一个正在品茶的姑娘，一袭长裙，戴着洋气的渔夫帽，应该也是游客吧。聊起来后得知她是音乐高才生，在省城里当钢琴老师，刚刚结束一场比赛，就展开一次说走就走的旅行。时空仿佛由都市的摇滚曲变成古典的轻音乐，结构简单，旋律明快，舒适、平静、温馨、颐神养性、舒坦筋骨。

你尽可以把小镇想象成诗和画，音乐或远方，但小镇生活却实实在在。想当年，崇山峻岭之中，远古先民或者近代山民被困在这块地无几尺平的山间，生活必然是艰难和苦涩的。雨水渐大且持续时，平时温婉的溪流会变成咆哮的洪水，汹涌而来，奔腾而去，田地和道路或被冲垮。那些冒雨从山里挑着担或踩着自行车的人，卖的不只是鲜嫩的蔬菜瓜果，更是艰辛和血汗。就如眼前，雨伞下，一个女儿坚定地搀扶着一个佝偻老人，一步一步，努力前行，同样是一幅感人至深的画面，画面背后是每天侍候老人服药、扎针、洗澡、洗衣，甚至如厕。老母亲记不住走过的地方，记不清上一餐吃的饭菜，但她牢牢地记住女儿的名字，记住她是自己最踏实的依靠。我说妈妈的记忆像一条鱼，只有七秒。妻子说，即便如此，我也不放弃，让每一个七秒的美好连贯起来，没有无助，没有惶恐。我明白这份用心，更知道其中艰难。哪有什么岁月静好？只因有人负重前行。

又是一个云雾缭绕的日子，云因山而千姿百态，山因云而柔情万千，山中的人安然自足，和谐共生，这是我最中意的水墨仙境，是我幻想中的人生至美，也是母亲和妻子云游四方的动力所在。既然我们认同和珍惜这份美好，我们就不必放弃，坚持下去。城市繁华，小镇静美，各有所长，心安之处，就是家园，只要她们愿意，行走和驻足都是好的选择。有空的时候，我身随行；没空的时候，我心随行。

珞珈情牵敦煌

　　武汉大学是国内较早系统研究敦煌的高校，作为珞珈山的学子，我想见证一下武大和敦煌的渊源。

　　车到敦煌，人已经疲惫，对市井面貌没有特别的感觉。司机兼导游说，你们先休息一会吧，正午是太阳最放肆的时候，下午四点钟我们去鸣沙山，看月牙泉。

　　市区离鸣沙山不算远，此刻人潮汹涌，挤过入口便豁然开朗，遍地是沙，满目是沙。我们深一脚浅一脚地往前走，沙坡下有许多人聚集，等着骆驼过来。我们选择了徒步的方式，平路还好走，上坡时就不是那么顺当。沙松松的，走一步滑回半步，我们踩上搭在沙坡上的木头软梯，才踏实些，终于爬上鸣沙山山顶。从来没有见过这么多细细的沙，但见爬山的人把沙子蹬往身后，滑沙板下行也会带着沙流，我疑虑这样下去沙山会不会越来越矮。旁人告诉我别瞎操心，到了夜晚，天气变凉，大风吹起，山下的沙子会如数地送回来，这就是大自然的奇妙。

　　从山顶俯瞰，月牙泉真的像一弯月牙，晴空下，水是清澈的蓝，它更像美人的眼睛，明亮而友善。大自然太神奇了，居然在这满眼黄沙的地方，点缀出这一绝美，更为重要的是，在绵绵苦旅中有了一个生命的驿站。月牙泉曾经水草丰美，由于各种原因，水面逐渐变小、变浅。待到夕阳西下，月牙泉渐渐暗淡，像一滴泪珠跌落在荒漠之上，我为之一颤，一丝愧疚涌上心头，这个历经千年的自然造化，不应该在我们手里干涸、消失。

次日早晨，去莫高窟，路途更远些，人潮依然汹涌。莫高窟俗称千佛洞，有洞窟735个，一般的游客只能参观4个，每一处都是排长龙。好不容易排到，却被提醒不能拍照，不能逗留。到了暗暗的洞里，见到立的、卧的大佛，还有一些被损坏的浮雕和壁画。很快就被人潮卷了出来，身体感觉到挤压后的释放，心情却是从满满期待中跌进失落。不少洞窟的门被锁上了，里面藏着许多神秘、虔诚和故事。有些小洞窟是敞开的，只有一立方米左右，里面只有简单的一个佛像，供奉者财力不足，但诚心一点儿不少。

我们从人流中跳出来，在广场的外沿回望千佛洞，目及之处同样是沙的世界，在这个条件艰苦的地方，因为有这一片山崖，有兴旺的丝路，有万众的信仰，才有了流芳千古的莫高窟。1000多年来，敦煌经历了辉煌，也经历了近500年无人看管维护的荒凉，甚至有国宝流失的刻骨铭心的伤痛，它实在需要疼爱和呵护。

山脚对面有一片低矮的院落，这是曾经的敦煌研究院，几十年前在这简陋的房子里，一群人执着地守护着文化瑰宝。常书鸿是敦煌研究院第一任院长，那个曾经西装革履、风度翩翩的留法学者，被命运召唤到敦煌。面对极端艰苦的工作生活环境，面对妻子丢下儿女决绝离去，他坚守敦煌几十年，直至生命的终点。

敦煌里有武大人的故事，有催人泪下的爱情，珞珈山与莫高窟的情缘深厚。

　　"人家讲樊锦诗是敦煌的女儿，那我就顺便做了敦煌的女婿。"说这句话的是一位武汉大学教授，他叫彭金章，樊锦诗的丈夫。樊锦诗是常书鸿之后的敦煌研究院院长。彭金章与樊锦诗是北京大学同班同学，1963年毕业时，他们约定终身，却各奔东西，一个去敦煌莫高窟，一个去珞珈山武汉大学。由于大西北条件更艰苦，彭金章不得不在工作的同时，还带着俩孩子中的一个，另一个孩子放在老家。有几次，樊锦诗决定调往武汉，但都没有成功，敦煌离不开她，或者说她离不开敦煌。1986年，彭金章做出了一个艰难的决定，离开自己一手建立的武大考古系，奔赴敦煌，把自己的后半生也献给了莫高窟。

　　樊锦诗说过："我们相识于未名湖，相爱于珞珈山，相守于莫高窟。虽然我们从来不会说'我爱你'，但都理解对方，成全对方。"环境恶劣、条件艰苦、分居两地，他们遥相扶持，相濡以沫，经年累月，因为有爱的支撑，这是忠贞不渝的爱情，更是对中华民族艺术宝库的大爱。樊锦诗用自己的一生诠释了什么叫"爱一人，择一事，终一生"。这种爱情模式，不是朝朝暮暮的耳鬓厮磨，而是"我等着你""我懂你"和"我成全你"，当下的年轻人能理解、能接受吗？

　　我们来到了敦煌博物馆，这里虽然不是真实的洞窟，但精准的仿制和系统性的图解，让我们对敦煌的理解更深入、更全面，对保护世界文化遗产的紧迫性有了更深刻的认识。这些世界文化瑰宝，千百年来，每天都处在风化、霉变和侵蚀的风险之中，让人心痛不已。是谁在与时间赛跑，挽狂澜于既倒？

　　20世纪80年代，樊锦诗把目光投向武汉大学。李德仁院士和夫人朱宜萱

教授的金牌组合，对正在遭受侵蚀的莫高窟文物开展抢救性保护。当时，文物保护工作大多只通过测绘手段获得图纸来实现，而李德仁、朱宜萱和樊锦诗他们，已经开始讨论"数字敦煌"方案。敦煌石窟结构复杂、纹理丰富，数字化保护项目对模型的几何、纹理等精度要求极高，所以，普通的测绘手段和设备难以达到标准。此时正值三维激光扫描技术快速发展阶段，李院士敏锐地感知到技术进步对石窟保护的革命性作用，他多方呼吁，筹措经费，推动武汉大学和敦煌研究院一起正式开展"数字敦煌"项目。日前，李德仁院士获得2023年度国家最高科学技术奖，实至名归。

敦煌球幕影院中，隽秀古朴的莫高窟在18米长的荧幕上缓缓展开，观众安坐台下，便可与千年前的匠人进行一场跨越时空的对话。要知道，这背后，有着另一个武大人黄先锋教授及其团队多少付出。为了实现敦煌石窟的数字化，黄教授等人通过激光设备，先三维扫描出石窟的立体骨架，再将壁画的色彩和纹理贴附其上，从而真实地还原石窟原貌。想象一下，一件成人大小的文物，放大至18米长的屏幕上，该需要多少细节？一条条细微的刻痕，一张张精致的图片，就这样在他们的鬼斧神工创意下汇聚起来。佛陀灵动了，飞天起舞了，敦煌艺术跨越时空鲜活地绽放了。

走在风沙之中，我心中洋溢着感动与自豪，因为有樊锦诗、彭金章、李德仁、朱宜萱等人，虽然珞珈山与莫高窟的距离很远很远，但是武大与敦煌的情感很近很近。有人文与科技的牵手，有信仰与信念的拥抱，有深情与大爱的交汇，敦煌，可以不朽！

血色河西

　　河西走廊，像一把长剑闪亮在中国西北。

　　玉门关位于河西走廊的顶端，"春风不度玉门关"指的是它的远。先去小方盘城，它规模不大，气场并不小，可以放眼远望。坐景区班车，十多分钟到达大方盘城，这原来是戍边屯粮的地方，残缺的高台土墙挺立千年，经历了无数风吹日晒。

　　景区班车来来回回，大多数游人来去匆匆，在打卡点拍拍照，钻进车里绝尘而去。有的人耐心点，环绕破败的断墙走一圈，大概一刻钟；不过太阳火辣辣的，他们难免有牢骚：费钱费神，又累又热，这么个破土墩子真不值得一看。

　　河西之行，大多如此。一路上，车行在漫漫戈壁，无边单调，窗外不是沙漠，而是炙烤后的硬壳，远望像一层黑黑的草，不时有残断的土墙、荒废的烽火台闪过。有风雅的人在念"大漠孤烟直，长河落日圆""大漠沙如雪，燕山月似钩""不知何处吹芦管，一夜征人尽望乡"等诗句，在脑海里勾画河西走廊的宏大模样。

　　司机兼导游姓刘，稔熟这条线路，介绍说，远古时这里曾水草丰美、郁郁葱葱，绿洲就像一颗颗珍珠串联在河西走廊上。生态良好，就有许多人逐水而来，河西成为兵家必争之地。

"明月出天山，苍茫云海间。长风几万里，吹度玉门关。"几千年的历史长河中，这片土地上流淌着数不尽的泪水与故事。风从断垣间吹过，带着铿锵相击的刀剑之声、战马奔腾的嘶鸣之声、悲戚哀叹的思乡之声。曾经，汉朝与匈奴，宋朝和西夏，明朝与俺答汗，一次次在河西激战拼杀。风沙吹走了多少故事？废堡掩埋了多少生灵，在骟马城、锁阳城、黑水国、破城子、骆驼城，你看到的是残垣断壁，看不到的是刀光剑影、腥风血雨。

导游对刘家先祖推崇备至，刘氏汉朝与匈奴展开了多次战争，其中大规模厮杀有三次，最终获得决定性胜利，自此，"胡人不敢南下而牧马，士不敢弯弓而报怨"。

耳边响起屠洪刚的歌："狼烟起，江山北望，龙旗卷，马长嘶，剑气如霜。"其实当年骑高头大马的是匈奴人，这些马非常剽悍，蹄子钉了铁掌，尖锐锋利，跑起来势如破竹。

狼烟升起后，戍边的兵士和成年的百姓，都会操起武器，迎敌而上。如何对付这些高头大马？刘导说，他们探索到一个必杀技，用铁钩锁——守军潜伏在路边，等对方铁骑奔来，突然抛出铁钩，尖利的铁爪直刺马腿，同时收紧绊马索，让敌方人仰马翻。刘导笑着说，另一个神技是狮吼功——老百姓敲锣打鼓，喊声震天：狼来了！狼来了！既是传递消息，也是用气势震慑敌人。我笑道，难怪西北人说话嗓门大。

狼烟的燃料是狼粪吗？刘导笑道："并不是，这里地广人稀，哪能收集到那么多狼粪？狼烟的燃料其实是一种灌木，烧的时候泼上水，能让黑烟浓厚而持续。"

    嘉峪关高大雄伟，是容易看到狼烟的。这座建于明洪武年间的关隘，由内城、外城、罗城、瓮城、城壕和南北两翼长城组成，全长约60千米，被称为"天下第一雄关"，号称固若金汤。

    明正德十一年（1516年）十一月，狼烟升起，满速儿汗进攻肃州，以取嘉峪关。敌军兵强马壮，来势汹汹。大敌当前，游击将军芮宁慷慨激昂，大声发问："敌众我寡，是战是降？"众答："战！"又问："有去无回，是战是退？"回答声更高："战！"面对数倍于我之敌，将士们视死如归，如飞蛾扑火，囊中箭已射罄，手中刀已卷刃，八百壮士全部壮烈牺牲。

    旅游团里有一位退役军人，亲切平和，我让他聊聊军旅故事。汶川地震发生后，军人是逆行者，乱石在他们头上飞过，脚下是万丈深渊。2010年，他们又奉命支援玉树地震灾区，忍受着强烈的高原反应，安扎帐篷，建临时医院，抢救伤病员。他语调自然，说这是责任所在。

    荒凉大漠，戈壁深处，一座座城堡关隘，见证了一代代热血男儿的奉献，付出青春甚至生命。仰望河西夜空，星汉灿烂，天上有多少颗星星，地上就有多少个闪光的灵魂。

    一个个游客从身边走过，他们可能是享受自在生活的退休人士，或者是忙里偷闲的职场精英，富足与愉快写在他们脸上，一如敦煌壁画上大唐盛世的人们，端庄丰腴，衣裳华丽，自信大气。草根百姓的面孔，最能彰显一个时代的精神，体现民族复兴的气质。

    不少旅伴带着家国情怀、追古思远而来，在破败的古堡上回望历史，在飞扬的风沙里透视真相，在远去的长河里追寻趋势，如此这般，便是真正走进了河西，就不是河西的匆匆过客。

    日头西下，残阳如血，古关堡的影子很长，戈壁滩由炽热逐渐清凉，我们登车作别。再一次回望，"西出阳关无故人"吟唱的是苍凉的愁绪，阳关、玉门关又要独守着又一个冰冷的夜晚和即将到来的冬季，与它同在的还有许多戍边人。不必伤感，这何曾不是一种浪漫，一种清冽的浪漫。清澈的爱，只为祖国！这冰冷里有清气，清气在雪山，清气在冰河，清气在壮士的骨子里。

血色河西，我们铭记你！

走进金门

第一次接近金门是远远眺望，站在厦门湖里山炮台，对面的小岛和标语依稀可见，我身后的标语鲜红端正："一国两制，统一中国"。

这一次是实实在在地登岛金门。往来厦金的船班很多，手续也很方便。台湾本岛我去过，但想到踏足金门，感觉还是有点儿特别。

轮船缓缓离开码头，厦门的风貌像画卷徐徐展开，这个曾经简陋的渔港小镇已脱胎成现代海滨城市。有人说，金门的居民大多数在厦门购置了房产，有些人甚至长期生活在这边。

金门原本是一个荒岛，两晋战乱纷扰，才有人渡海在此避居。明洪武二十年（1387年），始建"金门城"，明清两朝时厦金同属泉州同安县。1915年，中华民国金门县成立。1949年之后，由台湾当局实际控制。

海阔天高，轮渡劈波斩浪，仅仅半个多小时，就见到金门码头。曾经咫尺天涯，厦门与金门相互眺望，却相互隔绝，只有定期的炮击提醒人们，内战的伤口还未愈合。时光如水，远去了炮声，淡化了硝烟，但历史的痕迹还在，弹片被熔化成畅销的菜刀，金门高粱酒成为特别的手信。

　　金门码头简单实用，离船上岸，第一步就感觉踏实而亲切。驻足一个村庄，入眼的是熟悉的景象，民居、祠堂的外观是红砖红瓦，屋脊线两端如燕尾翘起，房子的中央是天井，向天坦露，承接雨水，色彩鲜艳得直逼宫殿，造型高扬仿佛神庙。厦门的朋友说，这是典型的闽南风格。

　　我们受邀到金门大学，观摩一场台湾地区大学生实习成果展。青涩的学生们用PPT或者视频介绍自己的成果和心得，他们对经济、金融、科技和网络的体验和思考，与大陆的学子们有许多共同点，有些甚至是两岸情况比较和剖析。我曾经作为协调者，接待过几批来自台湾的大学生，帮助他们去到银行实习，到前沿公司参观，那些日子充实而欢快。这不，几位曾在福州实习的金门学子见到大陆来的辅导老师，高兴雀跃，激动地拥抱在一起。

　　金门大学历史并不长，校园也不大，他们宣称做小而精、小而美、小而优的"精致大学"。操场上有一个石碑，介绍马英九到此视察的情况。马英九先生教诲：大学之大，非谓有大楼之谓也，有大师之谓也。不知这是否是马英九的原创格言。

　　一位往来于两岸的台湾银行家对学生说："实话讲，今天的成果展示层次并不高，视野不宽，钻研不深。你们知道吗？在上海，在深圳，多少天赋很好的青年在拼命地学习和追求，台湾的青年没有本钱、没有理由自以为是、得过且过。"

　　散会后，我去海边走走。这个季节，厦门的海边人头攒动，有下海的，有漫步的，四面临海的金门应该有很好的海水和沙滩吧？出乎意料，这里的海边很清静，见不到几个人，这是为什么呢？当地人解释，金门岛居民本来就不多，渔民忙于捕鱼生计，无意去戏水。其他居民呢？据说大多数不会游泳。好奇怪。有人解释，当年军管很严，一般人不可以下海游泳，擅自下海会招来叛逃嫌疑，后果相当严重。

有人作了另一个解释，这里曾发生过惨烈的战争，有不少年轻的生命终止在这里，当地人认为海边阴气太重。在古宁头，有座民房被保留下来，墙壁上布满弹孔，沙滩上布满了反登陆桩。残阳如血，海浪一次次带着红色，向沙滩奔涌又回撤，涛声阵阵，仿佛在诉说着什么。

我们被邀请在一个农家乐里用晚餐，靠海吃海，烹饪手法与厦门如出一辙，舌尖上的同一个闽南。金门县的行政主管和民意代表都是国民党籍，是深蓝光谱，我们共进晚餐，畅谈乡情。他们与厦漳泉的闽南兄弟联系非常密切，有生意上的往来，更有情感上的互动。

这些村落很容易在大陆找到对应物，同一族姓，一处在金门，一处在大陆，走进这里仿佛回到了对岸的家。源远流长，厦门金门已经实现通水，海底管道引来汩汩清流。水是滋养生命的源泉，同一血脉，同一文化，硝烟之后，血浓于水的亲情沿着合乎逻辑的轨迹，自然地相连与相融。

送别金门同胞，我独自离开旅馆，信步在大街上。仿佛时光倒流，没有林立的高楼，没有喧嚣的人潮，街不宽，楼不高，但有柴米油盐、喜怒哀乐、人间烟火、人情世故。记得刚才握手时的祝愿：兄弟分两地，两岸一家亲，离心离德不是出路，和谐共生才是最好的归宿。

十字路口中央，昏暗的灯光下有一个雕塑，一位老者拄着文明棍，身形精瘦，表情莫测，他就是蒋介石，他们称其蒋中正。在民进党"清算威权"的名义下，各种蒋的雕像被纷纷拉倒、摧毁，只有金门是例外。

夜幕中，雕像渐渐变得弱小和暗淡，如同那段逝去的日子，曾经叱咤风云、曾经风光无限的历史人物，留下的是一个孤寂和单薄的背影。

扎尕那，在路上

风景其实在路上。

从迭部县城出发，车就开始融进画卷。这条不宽的公路，连贯着秦岭、川西的典型风貌，高原雪山和湿地草场交相辉映，层层叠叠都是山，让人深刻地感受迭部的"迭"字的精妙。山是这里的王者，它让公路顺着其意愿左冲右突，抑扬顿挫。白云是山的妃子，在它的身边，千姿百态，缠绵悱恻。草木则是山的狂热的粉丝，簇拥着、奔腾着，向上攀跑、拥抱。而我们则是幸运的宾客，享受着无上的荣耀，行进之时，白云围过来，绿树围过来，山川围过来，时间围过来，是什么样的修行，才能赢得这一个个完美的瞬间？

车开进景区大门，一下子有从仙境跌落凡尘的感觉，混凝土大门被一排铁栅栏挡住，仿佛是铁齿铜牙的嘴，交了钱才能开口。小贩和野导游释放着饱满的热情，围过来，跟着走。车进大门，里面是尘土飞扬的工地，正在商业开发中。我们按照途中路人的建议导航，左拐穿过村子，往更深处开去。

　　位于高处的是达日村，有一个三十来岁的少妇在招手，她就是路人介绍的民居老板娘央宗。她家民居是一个院子，房子两层楼，院里可以停车。我妻子却另有想法，她要去看看靠村口的一家，说视野开阔。那家的房子是新建的，没有院子，站在门口就可以看到山谷的全貌。我看出了央宗对客户流失的失落，但妻子是我们家主事的人。

　　放下行李，我们就开始沿路溜达。这里是藏族同胞真实生活的村落，参差着旧宅和新居。有的门口拴着马，不知道为什么用半边篮球套在嘴上。路边上有三两个藏族人在交谈，我们完全没有机会插话。

　　只有一条道往前，我们跟着一个十五六岁的本地姑娘，走过水泥路，走过木栈道，到了一个观景台。这个地方比我们住的民居位置高，角度好，是拍全景的好位置。往右下方看，层层梯田下是一条河流，河边的绿草地上有几只牛马在安静地吃草，原来姑娘是来招呼她们家的牲口。这些牛马处在山沟里，跑不掉，夕阳西下时，它们是知道回家的。女孩子对着牲口喔喔地喊，我不明白是什么意思，牛马明白了吗？

　　眺望扎尕那，惊叹自然造化的神奇，高高的山峰把几个小村团团地围住，深秋时节，顶上的雪峰、山中的红叶、谷底的青绿，还有村寨宅子和袅袅炊烟，一幅多么美丽的风情画啊！收回目光往下看，陡峭的山坡，田地一块块、一层层。问女孩子，说那里只能种些玉米、土豆或青稞，产量都不高。多少年来，她的祖辈困在山里，刀耕火种，尽心尽力也很难有太好的收成，何况大部分时间是在冰天雪地中。

　　我们的入住是扎西的意外收获，趁我们出门闲逛的时间，他把在县城的儿子叫回来了。冰箱里有储备的肉，蔬菜可以在门口下的菜地摘，人工是请不起的。开发旅游后，经营民宿的人很多，还有正规的宾馆，整个市场是

"狼多肉少"，赚钱不容易。扎西的儿子平时在县城打工，一旦客人较多，就骑摩托车飞奔而回。这里是"世外桃源"还是"红尘滚滚"？扎西也说不清楚。民宿如雨后春笋，但祖业还不能丢，种地的依旧是在种地，放牧的也依旧是在放牧。

晚餐除我们之外，还有另外两组人，一组是一对来自上海的小夫妻，利用宝贵的几天假期，从"魔都"的笼中飞出，坐飞机然后租车来到这里，透个气。漂亮的女人收起上海女人应有的自傲，走进走出，端茶倒水。她很心疼丈夫："开长途好辛苦的呀！"另一组是几个从山里经历四天穿越归来的小伙子。一个叫黑子的小伙"葛优躺"在椅子上，与我们聊起此行的自虐经历。尽管去之前做足了心理准备，过程的艰苦仍大大超出预期。一程又一程，一山又一山，常为泥泞不堪的路面苦恼，也为不期而遇的美景赞叹。高山地区气候多变，丰沛水汽向上升腾，汇聚成大块的乌云。强风裹挟大雨，很容易诱发失温危及生命。不过，当降水以小雪的形式飘落时，会平添几分兴致和豪迈。也有好天气的时候，穿过垭口，阳光灿烂，雪落草原，兄弟们并排半躺在草地上，看山看天，身心都相当舒畅。

清晨，扎尕那沐浴在阳光和薄雾之中，我们告别客栈，各自上路。年轻夫妻匆匆归去，到那高楼林立的都市赚工资、还房贷；年轻的小伙们打点行装，相约下一次的极限穿越；我们会沿着昨天观景台看的方向，走进仙女湖，走进大山里；而开民宿的央宗和扎西们，正在盘算着这条谋生的路会如何改变他们的生活。

扎尕那，在路上。

雪落小镇

　　车从大山的夹缝中挤进神农架，豁然见到漫山遍野的雪。

　　从都市的喧嚣中逃往神农架过冬，仿佛是赴一次期盼已久的约会。记忆中的那个夏天，与神农架初次见面，大九湖的柔波、神农顶的云雾、金猴岭的花海等，让人一见倾心，恋恋不舍。而今，黄叶飘零，游人寥寥，冬日里的小镇该是怎样一种景象和情形？高光时刻的神农架拥者如云，而我更想同神农架有一段冷静相处、温润平和的时光，于是由南向北，我逆风而来。

　　几天前就得到消息：神农架下雪了！雪花从手机视频里飘出，绵绵白色装饰着大山小镇，琼枝玉叶，银装素裹，天地浩然。我的心被风儿和雪花搅得不能平静。

　　终于到了。推开车门，一脚踩在小镇的雪地上，我就受到了热烈的欢迎。雪花，像柳絮，像芦花，像蒲公英，在空中飞舞。雪花太好客了！片片朵朵，扑面而来，亲吻我的脸颊，抚摸我的头发，牵扯我的衣袖，甚至调皮地钻进我的脖颈。踏雪前行，雪花追随着我，围绕着我起舞。

　　小镇一改往日的灵动喧闹，如此宁静有序。热闹的游人远去了，外出谋生的人们还没有归来，留下的是真真恋着这块土地的人。街上的行人不多，但并不落寞，流浪的小狗也轻松自在，见到路人会迎上来，陪几步。不必担心它们的温饱，有人在墙根下的小碗里放上了干粮。

小街显然被清扫过，又积上了一层新雪，踩在上面，有软软的感觉和脆脆的声响。天气冷冷的，心却暖暖的，循着这条小街，有温暖的民居、温暖的烟火，还有温暖的知己、温暖的话题。

我对冬天的记忆，其实浸泡着寒冷、饥饿和愁绪。当年，只有春节到来，孩子们才可以穿上新做的衣裳，尝到少许的鱼肉，吃到糖果点心，过年就是贫穷儿童心里的沙漠绿洲。眼前的小镇虽不热闹，但小商店、小餐馆亮着灯光，三三两两的人挑帘进出，洋溢着烟火气息。

小镇的朋友热情地邀我在独院的餐馆小酌，热气升腾，香味弥漫，温暖中有感叹，苦辣酸甜，五味杂陈。小镇当初只是小山村，后因伐木而兴起，世易时迁，伐木者变身森林保护者。小镇人的生计受到挑战，大山能给予的资源是有限的，小镇百姓还得依靠外来生意获得收入。

"来！干杯！"

深圳何尝不是如此？一线二线，大厂小店，弥漫着"内卷"和焦虑，谁不是在朝九晚九、车贷房贷中负重前行。雪花一片一片飘落，心绪一丝一丝生长，饮者的眼眶湿润了。鹏城不曾飘雪，职场风雨飘摇，冷暖人生，谁都不容易。

一声叹息之后，大家互道珍重。幸福，就是眼下的深冬，伴随着飞雪，炒几样小菜，温一壶老酒，欣慰爹娘健康，乐见孩子欢笑。此刻，窗外飞舞的雪花，像一只只翩翩的蝴蝶，向窗户飞来，在玻璃上调皮地打个招呼，又悠悠地向远方飞去。

　　微醺后拱手告别，朋友被雪花簇拥而去。小镇被夜色笼罩着，记忆中的一个场景浮现出来，也是一个飘雪的冬夜，一个美好的身影从身边飘过，飘逸的风衣，白色的围巾，清扬的头发，纯净的微笑。立在雪花中，我仍执着于未来的美好。

　　拿出手机，从网络上搜索小镇的"小确幸"，不远处的小巷里，有小镇唯一的现磨咖啡馆，名字很有感觉——莞尔。这是一个人的咖啡馆，老板和员工都是他，姓谷，山谷的谷。这个山谷里的年轻人曾经走出大山，在大城市的国际咖啡连锁店当过主管，有一天突然转身，走回大山，在小镇一个角落开起自己的"莞尔"。

　　这个以青菜、萝卜、地瓜、玉米为食的山里小镇，常住人口不过3万，能接受这个西洋新玩意吗？咖啡能够支撑这个小店的生存吗？小谷说，起步的确相当艰难，但他坚持下来了。

　　环顾小店，装修简洁古朴，上座率还不错。小谷在里面很专业地忙碌，一年轻女子在端送咖啡。

　　"哥，您是来滑雪的？"空闲的时候，女孩问我，然后滔滔不绝，"请记得莞尔，小镇地道的咖啡馆！我们的材料是最好的，最正宗的。"

　　年轻的老板笑着说，这是他的女朋友，镇医院的护士，抽空过来当帮手，她刚吃过年饭过来，喝了不少酒。正说着，女孩拎起一瓶黑啤，啪地一下打开，"来！哥，我请您喝一杯！"盛情难却。

　　我寻一处靠窗的位置坐下，白雪像一群小天使在窗外翩翩起舞，让人欣然。书架上躺着一些旧书，从书中看到：一个名牌大学老师，进入深山，写出十多万字的《中国神农架》；一个摄影家，开一辆破吉普自费拍摄，出了两本摄影集——《神农架》和《金丝猴王国探秘》；一个外省人，居住在

2000多米之上的大山，十几年来，只为寻找那传说中的野人。当然还有我，受神农架的触动和激励，写出了系列散文，与朋友们分享神农架，分享它的美丽、它的神奇。

　　小镇的客栈被白雪拥抱着，安静得像一个婴儿。拥着雪白的棉被，我品味着雪夜的寂静，静听雪落的声音，偶尔咯吱一声响，那是树木枯枝被积雪压断了。这样的雪夜，这样的年关，这样的宁静，有多少人静静地思考：你是谁？你来自何方？又心归何处？你在执念什么？若无本我，身边纵然蝶舞蜂飞，终是花谢花飞、空廖寂寞；若真正觉悟，即使天涯浪迹，沐风浴雪，也不会孤独。

云过拉萨

　　"哇！你要去拉萨？真好！"

　　我没解释，你想象中的拉萨是圣山、草地、牦牛、藏羚羊、青稞酒、酥油茶，还有健硕的小伙和漂亮的姑娘，但我这是出差，机场、旅馆、会议室，来去匆匆，与去任何一个城市无异。

　　但这毕竟是拉萨啊，透过飞机舷窗，看得到湛蓝的天和洁白的云，感受得到强烈的颠簸。到达贡嘎机场是正午，阳光飞泻而下，山如刀砍斧劈过，嶙峋兀立。

　　汽车奔驰在高速公路上，目之所及，也是单调而严肃，直到接近雅鲁藏布江和拉萨河谷，才看得到夏天应该有的绿，水的冲刷和滋润造就出这些绿洲和田野，难怪当年松赞干布选准这块地方。

　　看到拉萨了！这是一个山谷之间的城市，没有高楼大厦，如果不细看某些房子上的马头墙和祥云装饰，你可能以为身在内地某个小城市。旅馆民族特色不明显，除非你去看沿河的民宿。

　　傍晚，在食堂用餐后，我们在拉萨街头走一走，临街是寻常的杂货店、餐馆、药店之类，来往行人都淳朴平常，只是脸庞黑里透红，有穿民族服装的妇女走过，才让人意识到这里是藏区。

高原反应并不强烈，但还是得小心谨慎。我们平缓的步伐在这里不算另类，街上的行人不急不慢，就像平常天上的云朵不疾不徐。而在深圳，云也匆匆，风也匆匆，人也匆匆。

夜幕降临，有闷闷的雷声传来，街上暗调的藏餐馆、杂货店，与明亮的肯德基店、灯光闪烁的歌舞厅互相交织，相映成趣。回到了格式化的旅馆，撩开窗帘，远山如墨，雨前的街巷浸在蒙蒙的氛围中，忽明忽暗，似睡非睡。

凌晨，北京时间5点，相当于当地的3点，我从浅度睡眠中醒来，航班是7点钟的。凭立窗前，外面沥沥地下着雨，难怪夜里有絮絮叨叨的声音。城市似乎还没有醒来，街景模糊，路灯在打着瞌睡。

走出旅馆，卓玛和司机已经候在门外，真正地让人感动。卓玛是我们在拉萨的同事，执意要送我们去机场，拗不过。

雨中的拉萨静谧、清雅。汽车碾着积水前行，走在夜与昼的分界线上。山仿佛是云中仙境与城市市井的分界线，八廓街又仿佛是僧与俗的分界线。昨晚迷蒙之中，我感觉到房间的窗帘一会儿展开，一会儿闭合，窗外云影晃动，室内光影舞动。卓玛笑说："您也在现实和虚幻的边界线上，左右逢源，进退自如。"

车窗外，街头公园仍在梦幻之中，雾气在草上浮起，在树间穿行，像轻纱，像帷幔，拥着这城和城里的人。想想其他城市，高温正在炙烤着许多人，这种落差简直无法想象。煎熬的并不只是气候。在我赖以生存的城市，焦虑成为许多人挥之不去的梦魇，"内卷""压力山大""蓝瘦香菇"……

汽车把黑夜和梦幻抛在身后，冲上了拉萨河大桥，河里洪流由远山奔腾而来，汹涌而浑浊。这是一年中的丰水期，水流相互挤压、掀起波涛，激起水雾，水雾化作云烟，升腾出水面，溢出两岸，漫向街区。

汽车驶上高速公路，与拉萨河水并肩前行。河面逐渐开阔，沙洲上的绿树被水流托举，被雾气拥抱，远山是淡淡的底墨，树与水雾浓淡相宜，好一幅水墨长卷。

卓玛说，更美的风景其实在乡村公路上，蜿蜒的河道串起村庄、田园、牧场，一步一景。天好的时候，城里人来此驻足，搭帐篷，支餐桌，烤肉串，切西瓜，让清溪绿地上平添色彩和生机。拉萨人称之为"过林卡"，就是放松身心，好吃、好喝、好玩。

卓玛想起了自己的家乡，那里有小河穿过的山谷，一个水草丰美的地方。清清的河水，青青的田野，青绿的树林，故乡在记忆中是美好而不是苦涩，说明那里的生存条件不算差。水是多么重要，水让山川有了生机，有了活力，有了记忆中的田野、草场、牛羊，还有青稞酒、酥油茶。

三分风景七分想象，这些云景、这些回忆究竟是真实还是虚幻？就在昨天，车窗外的山川河流看上去简单而生硬，谈不上诗情画意，甚至似苦寒之地。而眼前，河像飘然的哈达，山被绕上轻纱，峰顶生出皑皑白雪，如绽放的雪莲花，甚至有神圣的意象，你能说这是虚幻的吗？

我知道，于都市打工族而言，人生坚硬苦涩，他们身扛繁重的KPI，他们肩负沉重的房贷，他们被寄托着家人的期盼和依赖，哪有心思去"闲云野鹤"，憧憬诗和远方？但我还是要说，昨日的山川田野是真实的，眼前的波光云影也是真实的，一个好的心态是非常重要和必要的。欣赏美景、享受美好并不是有钱人、成功者的专属。任何人，如能保持孩子般纯真，用善良的心肠待人，用乐观的心态处世，他一定受益良多，他的人生会温润平和、多姿多彩。达尔文说："乐观是希望的明灯，它指引着你从危险峡谷中步向坦途，使你得到新的生命、新的希望，支持着你的理想永不泯灭。"

卓玛说，她一直在行动中，从山谷里的小村庄出发，走进了拉萨，走过藏区的高山大川，走过内地的天南海北。"人生就像一场旅行，不在乎目的地，在乎的是沿途的风景以及看风景的心情，人生的意义并不在于达到某一高度，而在于旅途中的经历和感悟。"

再见拉萨！我还会来的，来一趟自驾游，去看看卓玛的家乡，去看看更远的地方。

喀纳斯冰湖救马

经历过秋季的喧嚣，阿勒泰地区急促地走进冬天。几场寒风过后，森林脱下了彩装，山和湖也卸下了疲惫，蜷缩进漫长的时空，做一次身心的静修。只有少数人，如我，偏要在冰雪覆盖大地、万物归于寂寥的时候，走向喀纳斯的深处，感受它的脉动，触摸它的美丽。喀纳斯是高冷的，风雪把群山和谷地都裹得严实，拒人千里之外。公路早已禁止通行，骑马是我们唯一的选择。

我与摄影师老张从吐别克村出发，目标是喀纳斯双湖。天空虽然飘落着雪花，但这个小小村庄给了我们温暖。炊烟在木屋上升起，冰雪世界里吐露出生机，村民很热情，让我们选出两匹健壮的马，并祈祷平安顺遂。

从村庄到双湖需要走两个多小时，开始是慢坡，马儿精力充沛，轻松地穿行在林中路上。松杉披着白雪，像英俊潇洒的少年列阵欢迎我们。再往上走，积雪渐渐变厚，马儿深一脚浅一脚，偶尔停下来歇歇。

在一个高处，于雪花被风儿吹散、雾气被暖阳冲淡的缝隙，我们终于看到了双湖。它一改春天里的青葱活泼，卸下秋日里的雍容华贵，寒冬之中，青衣素裹，端庄清澈。湖水如两只纯洁明亮的眼睛，在这深山净土中静观风云变幻，冷看斗转星移。

我们到达湖边，卸下摄影器材，忘记了疲惫和寒冷，激情投入工作，让照相机张开眼，张开嘴，充分享用这场视觉盛宴。

突然，我们的激情被冰冻到了极点！不远处，我们的枣红马正在冰湖中挣扎！

怎么可能？在喀纳斯，马是勤劳和聪明的动物，是千百年来村民们的交通工具。冬天，在厚厚的积雪中，是马儿用马蹄踩踏出一条条道路。人们常说"老马识途"，马有敏锐的观察力和风险判断力。它为什么跌入冰湖？因为口渴？因为嬉戏？因为水妖诱惑？岸上的那匹大青马用前蹄刨着雪地，发出嘶鸣声，它在为同伴焦虑。而那匹可怜的枣红马则在离岸几米的湖中扑腾，挣扎着，身下是冰冷的水，水面上是被捣破的冰块，形成不了支撑。一次次扑腾之后，马儿似乎筋疲力尽，只能停下来，发出哀鸣，眼神里充满了无助和渴望。

老张和我都被吓蒙了，谁能预料到冬天的湖面竟然会破裂。情急之下，老张尝试找一个合适的路径，走过冰面去接近落水的马，被我厉声喝住："你不能轻举妄动，万一你也掉下去，情况就更糟糕了。"

对我们两个山外人而言，最有效的办法是去搬救兵。去吐别克村？来回要四个小时，水中的马坚持不了这么久。好像在来的路上，见到了一个管护站，虽然当时空空的，但现在也许有人，死马当作活马医。老张坚持他去，我千叮万嘱，不要迷路。老张说，马是认识路的，丢不了。策马扬鞭，老张和大青马很快消失在雪雾之中，我在心里默默祈祷。

时间过得真慢！湖中的枣红马的眼神由求助渐渐变成失望，它用仅有的力量在水中蹬踏，维持自己不被湖水吞没。此刻，我深刻地感受到大地的伟大，体会到脚踏实地的重要性。空中有涡流，水里有浪潮，只有大地才能给人和马以坚实和依赖。我站在岸边，不时对马喊话：动一动！坚持！不要放弃！

天无绝人之路，老张比预计的更早回来了，同来的还有一个骑马的本地图瓦人。这么萧瑟的冬天，居然能找到一个救星，真是天助我也！

图瓦人翻身下马，直摇头，说情况复杂，必须小心。他让岸边的两匹马踏踏实实地站在安全的地面上，然后取出一卷粗壮的缰绳，将绳索结成一个圈，套在一根树枝上。我与老张抓住绳子的末端，然后他抓着树干、背着绳索，在雪地上匍匐前进，小心地爬上浮动的冰面。我的心随着冰面的晃动而起伏。那匹马感觉到了生的希望，主动伸出脖子，让人把绳索适度地套上。图瓦人与马有着天然的情感和默契，他用手势和语调让马平静下来，让马保存仅有的力气和求生的信心。认为妥当后，他小心翼翼地爬回岸上。

他将拴着枣红马的绳索与另两匹马紧紧地联系，让我们各牵一匹马，作好准备。而他，俨然是一个指挥千军万马的将军，双手合十，对着天空和山峰念念有词，让三匹马调整情绪，尤其是那匹水中的马，进入临战状态。突然他挥动双臂，引吭高喊：齐日迈！加油！齐日迈！加油！

两匹救援的马如同满弓后射出的箭，奋力前行，而那匹疲惫不堪的枣红马也瞬间喷发出力量，奋起跃出水面，踏着碎裂的冰面，飞翔起来，激起一路浪花雪雾。

在疯狂欢呼声中，枣红马踏实地站在雪地上，水珠向下滴落，热气向上升腾。另外两匹马也回头走过来，用鼻子轻触枣红马，耳鬓厮磨，患难见真情。

　　我没有拍摄到马儿绝地逢生的震撼瞬间，但我用心深深地铭记这一幕，记住热心的图瓦人，记住三匹可爱的马。

　　喀纳斯，你让我们魂牵梦萦，又让我们惊心动魄。

雪里金丝猴

推开窗户，满眼都是白雪。今天与当地朋友晓东约好，踏雪走亲戚。

飘雪的早晨，路上很少车，前面是交通部门的撒盐车，颜色鲜明，是雪花纷飞中的一团温暖。

车蛇形上山，晓东是不老的"老司机"。"忽如一夜春风来，千树万树梨花开"，路边的树干、枝头凝聚着白雪，像满城盛开的花，坐在副驾驶座，手机随手拍，都是绝妙风景，或如油画，或如朦胧诗。

美景一半源于自然，一半是出于内心。随车翻山越岭，除了赞叹风景，还会惊叹险象。韩愈诗云："云横秦岭家何在？雪拥蓝关马不前。""马不前"的原因不只在山高路险，还在于随着海拔上升，气温更低，积雪的底层是冰。晓东处变不惊，他对这些路很熟悉。以前开车可遭罪了，大雾天能见度只有两米，大雪天汽车的底盘垫在雪上。

"你们看看，前面树上有猴子。"晓东平静的声音却在我们心里炸开了花。

"停车，快停车！"我们迫不及待。顾不上穿羽绒服，我破门而出。

　　道旁约十米的树林里，几只金色的猴子在掰着树枝吃嫩绿色的树皮。这是我第一次在野外见到金丝猴，它的鼻孔向上仰，面部为蓝色，脸部两侧无肉，脸颊和脖子部位的毛色呈棕红，肩部位的毛较长，色泽金黄，真的是灵长类动物中的"颜值担当"。面对我们的兴奋，猴哥见怪不怪，气定神闲地坐在树枝上用餐，不一会儿，潇洒站起，跃向另一棵树枝。与那些死缠烂打的猕猴相比，这金丝猴的举手投足都让人赞美，活脱脱的"气质担当"。

　　晓东听任我们激动一阵子，提示我们继续前行，前面有更多的猴子。晓东边开车边说，神农架属于秦岭大巴山系，是川金丝猴千百年来的家园，由于人类活动的干扰，它们被分散在陕西、四川、重庆和湖北各地。金丝猴由于皮毛漂亮且御寒，据说其骨肉还有药用价值，因此曾经惨遭猎杀。20世纪80年代，神农架的金丝猴只有500多只。这些年经过人们悉心保护，这里金丝猴的数量已经达到1700多只，分布在大山深处的几个地方。我们现在去的是其中一个可以近距离接触的部落。经过科研人员和保护者多年的呵护，这群金丝猴与人类建立了很好的信任关系，不愁拍不到猴子的近照。

　　车在积雪压弯的树枝形成的拱门一样的雪路上前行，晓东找到一个略宽处停下车。他指着树丛中一条白色的雪地山路，往下走就可能见到金丝猴。我们深一脚浅一脚从貌似道路的树林中间挪动，艰难走过一段后，听到了前方如鸟鸣一样的声音。噫——噫——再往前走，哇！看到了！看到更多的金丝猴！一棵枝条富有弹性的树上，大大小小挂着七八只猴子，初看像秋天结满硕果的柿子树，又像春节时村口大榕树上挂满了红灯笼。没有山里孩子们见到客人蜂拥而来的场面，猴子们对我们的到来淡然处之。它们不愁吃喝，每天都有工作人员投送水果。只有两只公猴从小沟那边走来，迎着我们蹲下，我们客客气气地问候，它们显然听不懂，翘起屁股竖起尾巴，淡然地走开了。

　　无水的小溪旁是一块平地，放眼望去，像一个小型的猴子世界版《清明上河图》，生动形象，妙趣横生。地上五六只猴子紧紧地抱在一起，有一身高质量的皮毛衣还怕冷？据说主要是小猴毛比较稀薄，同时相亲相拥也是一种情感的表达。晓东说，这个部落由七个家庭组成，每个家庭都以一只公猴为家长。小的家庭是一夫一妻，据说这个公猴是一"直男"，自私吝啬，有东西抢先吃，漠视配偶情感。大的家庭一夫多妻，原因除了公猴形象俊朗、身强力壮，还在于猴格高尚、情商通透，敢担当，不抢食，为母猴梳理毛发，善于调解家庭之间的矛盾，细心照顾猴仔。眼前这团抱的猴子们应该是模范之家，从镜头里我看到它们抱成一个完美的心形。

　　雪花飞舞的正午对猴子来说不算太冷，那少年猴子从这棵树飞到那棵树，举臂行走，展臂飞跃，尽显生命的健与美。一只小奶猴仿佛知道我的拍摄愿望，主动过来当模特儿，茸茸的毛发、蒙蒙的眼神，让镜头后的人的心都暖化了。

　　是谁在搭我的肩膀？原来是一只双手吊在树枝上的公猴伸出的一只脚。它跳到地面，我用手摸摸它的脑门，它安静地接受，伸手去牵它的手，真实地体验它，掌心软软的、暖暖的。我们原本是很近的亲戚啊，人与自然、人与动物本来就是地球上和谐共生的一家。

　　晓东说，曾经有一个志愿者在这里弹吉他打发时间，没想到引来了山中几十只金丝猴，它们安静围观、倾听，沉迷其中。原来猴儿们也是深谙情感的艺术爱好者。

　　猴的世界并不全是风平浪静、浪漫自在，在这七个家庭之外，还有一个"光棍"小队，它们由下野的老猴、刚刚成年的公猴以及不受待见的单身猴组成，位居族群底层，但它们责任重大，平时都在附近站岗放哨，一旦有异常情况，它们就发出"乌嘎——乌嘎——"的报警声，提示大家转移，而自己则舍身相搏。

　　离开的时候，我心念念：愿山里的"亲戚"岁岁平安！

藏餐馆

出差拉萨。

宾馆的早餐千篇一律，我建议去街上的藏餐馆体验一下民族特色。

选了一家规模大点、人气旺点的藏餐馆。藏餐馆的格调都差不多，低矮的餐桌像南方人家的长茶几，面对面的木长椅类似于广东的红木沙发。民以食为天，坐在这样的高度，可以体现出人对食物的谦卑和珍惜。

必须点地道藏餐。酥油茶是用保温瓶装的，好亲切，勾起了儿时记忆。糌粑必须是自己动手捏的，虽然说不出什么好味道，但它是"食中脊梁"，高原人的主食。藏面是青稞制成的，口感相对小麦面条更糙一些，汤色浓郁，味道类似于兰州拉面。牛肉饼是分层的，里面有牛肉和葱花，外面炸至金黄，外酥里嫩。与深圳早茶相比，这里的装修环境、品种数量、口感滋味都略逊一筹，但胜在实在，胜在天然。环顾四周，就餐者以当地藏族同胞为主，他们从容淡定、不急不躁，不必边吃早茶边谈业务，少些"内卷"和焦虑，这种质朴和平实应该是一种幸福吧。

门帘被人推开，凉风和晨曦卷进一个身形微弯的人来，深色的藏袍和逆光模糊了她的面孔，看不出具体的年龄。她右手转动着经筒，左手端着一个搪瓷碗。我心里微微一动，这首府里还有如此生活困难的人？

伸出去的碗在各餐桌间穿行，收到的是小额的纸币或硬币，也有摇摇手的，但给予和接受都显得很自然，跟着有"谢谢"和"扎西德勒"的祝福。但我有点儿紧张，因为身上没有零钱，好在陪同我们的曲珍站起来，拿出了一张五元的纸币放进碗里，也代表了我的善意。

我向曲珍表示感谢，弱弱地问："对这些生活困难的人，政府没有给予救助和保障吗？"

曲珍的回答出乎意料："这些人并不是通常概念的乞丐，他们讨来的钱并不是用于解决生活困难，而是汇聚起来送到寺院，奉献给菩萨。"

"难怪她衣着打扮不像贫困潦倒的乞丐。"我说。

"凭外表判断也不准确，您见过那些翻山越岭叩长头的朝圣者吗？他们不可能衣着光鲜，他们甚至囊中空空。佛要的是一颗虔诚的心，而不是多少钱。至于长长的路途上，没有哪个真心朝佛的人会花费过多的钱。一般认为，路上不乞讨，不四处寻求施舍，那种朝佛就等于失去朝拜的意义。"曲珍的语调不紧不慢。

"可不可以认为，那些施舍钱财和给予帮助的人也有功德，他们是通过朝圣者实现的？"

"可以这么说。"曲珍点点头。

自然醒

　　刚来神农架时，早晨5点多就醒了，不是屋外溪流的哗哗声闹的，不是窗台鸟儿的喳喳声吵的，更不是手机铃声的嘀嘀声催的，而是所谓的生物钟激发出来的。这个时点，在都市，你必须依依不舍、毅然决然地离开床铺，开始新一天的打工生活。

　　此刻，大山深处的小屋，阳光穿越树叶喷到房间，炊烟带着香辣的气味钻进鼻孔，身体和空气之间没有冷热障碍，人自然地睁开眼睛，感觉睡得饱饱的，这就是自然醒。

　　不匆忙走路，不挤地铁，不担心开会误点，不紧张于突然来的电话，不惦记接待和应酬，当然也不担心考核和被问责，了无牵挂地出门散步，这就是自然醒。

　　自然醒的早晨，目之所及，万物动静相宜。

　　山依然在迷糊中沉静。近山是青色的，远山是黑色的，再远处是云山合一的朦胧。云雾是活泼好动的，早早就忙碌起来。它们匆匆地从山上冲向山谷，又急急地从山谷爬向山坡，还有一些在山间徘徊，不知道它们在折腾

什么。

山里的植物尽量安静，甚至有些羞羞答答。树枝在晨雾中轻轻晃动，好像似醒未醒的孩子。绿草尖上挂着露水，晶莹透亮，阳光下如纯真的眼睛。林中小道两边，树和藤在空中牵手，形成一条绿色的拱道，散步者受到的礼遇多高啊。

动物没那么宁静稳重。小鸟欢快无比，柳莺轻言细语，像报到的小学生；噪鹃唑唑嘶鸣，像嗓子被灌了辣椒水。有一种鸟声，音似"酒啊，酒啊"，是在提醒醉酒的人起床吗？还有一种鸟叫着"乖乖，乖乖"，它叫谁乖乖呢？

金丝猴是神农架的宝贝，它们分群生活在大山里，你不容易看到它们，但那有特色的吱吱声和树林里的骚动，说明它们也是早起的动物。

神农架有野人的传说，但大多数人没有亲眼见过，如果真的有，他们一定躲得很深很深，因为世界上最危险的就是他们的近亲——人。路边摘菜的村民笑着提醒我：当心迷路！走不出来你也成了野人。

无忧无虑的猴，与世无争的野人，他们是不是庆幸没有被达尔文进化，他们知道山外的近亲每天醒来，都要承受压力、纠结和焦虑吗？

自然醒的早晨，清风拂面，万物在自然生长。

青草比昨天高了几分，花儿由含苞到灿烂开放。如果你饿了，可以随手摘下一颗核桃，剥开绿色的皮，用路边石头砸一下，就可以吃到鲜嫩的果肉。有一种果子叫五味子，红红的，熟透了，吃在口中不仅有特别的甜蜜，而且有益于肠胃。八月炸不是一个动词，而是一种很形象的果子，到了这个时节，它成熟到必须炸裂绽放，等着你来品味它。

如果渴了，可以掬一把山泉水。这水看似来源于大山之上，一尘不染，其实它来自头顶上的天空，那是阳光和云雾舞动后送来的甘霖。水，无欲无求，不仅给你解渴，更是给树木、小草和小动物以生命的滋养。

自然醒的早晨，站在高处，透过云雾，看山下的世界，颇多感慨。

很多时候，许多地方，芸芸众生，在折腾什么？贪恋什么？日月星辰，天地万物，都有其自身的规律，都有其成长的逻辑，我们需要做的，是尊重它，解放它，顺应它。而我们自己，完全不必积重难返、作茧自缚，你看这天上的鸟，它们不种、不收，不一样自由自在？

想起海子的诗："从明天起，做一个幸福的人。喂马，劈柴，周游世界。从明天起，关心粮食和蔬菜。我有一所房子，面朝大海，春暖花开。"

从明天起，体验一下自然醒吧！

迷失威尼斯

旅游大巴到码头的停车场前，女导游再一次强调：现在是上午10点，你们每个人手上有往返船票，到了岛上圣马可广场时，报名贡多拉的跟我走，其他人自由活动。下午2点，我们在现在的位置集合，然后坐车去迷你小国圣马力诺。

乘风破浪，我们坐渡船登上了威尼斯。绝大部分游客跟着导游去坐叫贡多拉的独木舟，从河道上穿梭游览威尼斯。8岁的女儿眼神里满是羡慕，因为导游阿姨再三强调：不坐贡多拉等于没来威尼斯。

说白了，我们是嫌坐贡多拉费用太贵，但感觉有点儿丢脸。信步在圣马可广场上，我们看海浪起伏、鸥燕翻飞，也还不错。再去看圣马可大教堂，看岛上传统的玻璃加工表演，然后就是沿河沿街走，跨越一座座拱形桥，如果不是身边黑、白、黄各肤色的人多，还以为在周庄或乌镇。

河道上来往着贡多拉，船上和岸上的人们有时会相互招手和欢呼，女儿说："他们在船上看我们，我们在岸上看他们，我们都是风景了。"

嗨！这不是诗句吗？更可贵的是有这种穷游且快乐的心态。

威尼斯并不大，三转两转就回到了圣马可广场。团队里坐贡多拉的人也上岸了，女儿凑过去想了解叔叔阿姨们的美好感受，却听到许多人开骂："什么人啊！这里随处可找的贡多拉，票价每张只要30刀（美元），导游却收了我们每人50刀，太黑了！"有的游客则说："以前读书时知道威尼斯商人，没想到在威尼斯的中国导游更贪婪，过分！"

导游是在大家骂透了之后才露脸的，她该如何应付这人设崩塌的局面？我为她尴尬，可人家从容淡定，应验了那句话：只要自己不尴尬，尴尬的就是别人。面对大家的愠怒和牢骚，导游很自然回到引导者的制高点，对威尼斯作总结陈词。显然，这种民怨沸腾的情况她不是第一次遇到，一切尽在掌握中。

午后乘船返航。威尼斯渐渐远去，它像大海中的一条船，在潮涌中摇晃，据说如果厄尔尼诺现象持续严重下去，海平面继续升高，威尼斯将不复存在。关于威尼斯，以后只能在书本中看看故事，许多的贡多拉纠纷更是随风而逝。

快到下午2点，导游清理人数，少了一个人，谁呢？

旅游中个别人迟到的事在所难免，特别是老人家、带儿童的妇女，或者是初次出门的人。可大家一核实，今天丢的竟然是一个中年男人，大城市里的名牌大学老师，而且是法语老师。大家记得在大巴上，这个黑黑瘦瘦的老师很随和活泼，偶尔说句笑话，别人调侃几句也乐呵呵地接受。

大家说，教授晚一点儿没关系，他外语比中文说得还好。可导游急啊，这时间都是公司严丝合缝安排的，不能耽误下一个行程。那就丢下他呗！那更不行，旅途中游客失联是很大的事故。

那就只好找，游客本来是留下了电话号码的，但现在打不通。有谁曾经与他结伴同行吗？大家都说没有，既没坐贡多拉，也没有去教堂，更没有去玻璃工坊，小桥流水上也未曾见过这匹"瘦马"。

于是大家等，七嘴八舌地猜测，抑郁了？不像啊，在车上还乐观得很。迷路了？岛只这么点大，船只有这一条线路。出意外掉水里了？不会啊，到处都是人，逃不过那么多眼睛。兴许是想偷渡？闭上你的乌鸦嘴吧！

一个小时过去了，导游急得像热锅上的蚂蚁，拿着手机转圈。个别游客窃窃地想：有报应了吧？让你贪财！又一个小时过去了，归来的轮船中始终不见那个黑瘦的身影。大家都不淡定了，有人怨，有人骂，也有人担心，这老兄究竟怎么啦？

请示上级以后，导游宣布发车，今天下午的旅游内容延迟到明天上午，至于那个掉队的人，再说吧。

到小国圣马力诺的山顶宾馆时，天已经黑沉沉的了，大家匆匆忙忙吃团餐，然后各自找自己的房间。放下行李，我对妻子说，出门走走吧。

没有月光的夜晚，风景是看不到的，但昏黄的路灯可以照清路面，一个背着双肩包的身影由下而上迎面而来，"哇！老兄你回来了！可把我们急坏了！"

黑瘦的男人只是淡淡地一笑："没事，我只是去会了一个朋友。"

犹太哥们儿吉姆

刚到英国H大学时，我们住在校内的学生公寓附近。方便是方便，价钱有点儿吃不消。于是我们就去找住的地方，这就与犹太哥们吉姆有了交集。

我们扛着行李到一个小区院子，吉姆正在院子一角修车，一身蓝色连体工装，身材不高，精瘦，黄白混杂的胡茬，40多岁。见到我们，他放下手中的活儿，很热情地帮我们拎行李。我们租的是一个小洋房的二楼，与吉姆家隔院相对。

这里居住的都是本地白种人，他们所谓的绅士风度只是见面点点头而已，只有吉姆例外，对我们很热情。我们不熟悉情况，他会热心讲解，大到英伦风情，小到煤气水电。吉姆是犹太人，祖先是从欧洲大陆过来的，历经沧桑。他的妻子白白胖胖的，他们没有孩子，与双方父母和亲戚的联系屈指可数。

吉姆是自我雇佣者，就是一修车个体户。唠起车，他滔滔不绝：在英国，车是必需品，上班下班、购物消费、旅游度假，都离不开车。买车最好是买二手车，而买二手车最好买他的车，价格便宜，包修包养。他推荐趴在角落的一辆罗孚老旧车，像一个风烛残年的英国老男人一样的老式轿车。

"400英镑，便宜吧？"吉姆说。我脑子转了一下，按当时的汇率算，6000多块钱人民币，不算贵。我们付完现金，吉姆很高兴，胡茬子都在跳舞。

普通英国人对车的态度很务实，一是不买豪车，追求简单实用；二是两三年就换新车，不想把钱花在修车上。我想，吉姆的生意好不了哪里去，因此他那个白胖的老婆也要打工。八月是西方人休假的日子，中产人士会去外地度假，把白皮肤晒成小麦色，这样才有面子。吉姆的老婆也晒，但她是在自己家房顶的露台上穿着比基尼晒。吉姆依然在忙着修车，偶尔在我家窗下张开手，喊："哥们儿，啤酒，啤酒！"我从窗户扔下一罐啤酒，他准确接住，吹着口哨走开。

听说我妻儿要从中国过来，吉姆跟我商量，能否帮忙带几样金属工具，Made in China（中国制造），又好又便宜。我欣然应允。家人来后，工具送给他，没有谈钱的事。吉姆很高兴，撸起袖子到我家来当厨师，做几样西餐。吉姆对我妻子做的醋溜土豆丝大为赞叹，作为主食的土豆居然可以做成菜，切得细如发丝，刀工了得。

有一天，吉姆说他心情不好，我问为什么，他说他的猫咪死了，虽是寿终正寝，他仍然很伤感。他把猫葬在后院，立了一个小墓碑，为它祷告。我感动于他的内心柔软，觉得犹太哥们心地不错，但有件事却让印象反转。

事情出在那辆车上。那辆黑色旧车不仅外观像老爷，而且行动上也是，开门要用力，咔嚓，关车门要干脆，咣当。座位吱呀作响，启动后喘着粗气，像手扶拖拉机。每次开车出门，我总是忐忑不安，怕它半路要赖，撂挑子不干。吉姆说，甭担心，捣鼓捣鼓，没有问题。

这一次，我们要去曼彻斯特玩两天，让吉姆帮我事先检修一下，不要在半途上抛锚。吉姆说，开车出远门安全第一，应该的。可问题来了，他说，要保证长途行车安全，应该换一些零部件。我说那就换呗。他说："要交钱，150英镑。"

"不是说好了保修吗？"我问他。

"是保修，不收人工，但零部件要交钱。"吉姆摊手耸肩。

可他这车卖给我们没几天呀？我很生气："我去！"

吉姆说："你去哪儿修都要付英镑。"

只好给钱。我们开着换了零件的罗孚老爷上路了，公路上还算顺利，但到了市区，这老爷又摆出臭架子，声音和节奏都不正常，我心里骂了好多遍："你这个唯利是图的东西！"怒气冲昏了大脑，活生生把车开上了逆行车道，惊得路边的英国大妈眼球都鼓出来了。

修修补补，这辆跳动的老爷车还是陪伴我们度过了一段有趣的时光，去市区购物，去乡村踏青，去海边兜风，去古镇怀旧。我们去过库克船长的故乡、勃朗特姐妹老宅、莎士比亚花园、丘吉尔的别墅，重温那遥远年代的传奇故事。

初冬的风带来寒意，偶尔有雪花飘落，英格兰进入阴暗的季节，乡愁牵引着我，该回家了，家在温暖的中国深圳。徐志摩的诗在耳边悠扬："我轻轻地走，正如我轻轻地来，我轻轻地挥一挥衣袖，不带走一片云彩……"

对我而言，带不走的当然还有那台车。吉姆的嗅觉出奇地灵敏，那天，他如初次见面时一样热情，打招呼："嗨，哥们儿，要回国了？我会想念你们的！"

"Me too.（我也是。）"我回应。

"你那台车怎么处理？"吉姆关注正题，然后撇着嘴说，"这车太老了，你卖不出钱的。"

　　其实旧车在留学生中是有可能转卖的，我问："你的意思是？"

　　吉姆拍拍我的肩膀，说："别折腾，就放在我这里吧。"

　　当然是免费。这辆车不到一年时间，转了一圈，物归原主。

　　离开小院的那天，装完行李坐上出租车之前，我在院子里转了一圈，有点儿空空的感觉。修车作坊也空空的，没见吉姆。在院门一侧正对马路的地方，趴着那台老旧的罗孚车，上面一个白纸牌很清晰：包修出售，仅300英镑。

金丝雀码头

伦敦新金融城又被称为金丝雀码头，金融巨头HSBC（汇丰银行）的总部大厦在此昂然挺立。

在大门口，萨拉在等着我们。有人对她说hello（你好），并祝贺她丈夫昨天成功登顶珠穆朗玛峰。萨拉向我们解释，她丈夫也是在海外的中国人，在另一家金融机构工作，平时工作压力太大，所以选择了业余登山这个爱好，这次利用年休假完成了登顶地球最高点的心愿。

太厉害了！

萨拉利索地引导我们去食堂用早餐。

萨拉是一个很漂亮的江南女子，又是妥妥的学霸，现在是HSBC公司国际部下属的一个主管，我们的这次跟班培训就是由她组织协调。一个30多岁的女子能进入这个层级，在旁人眼里也是站上了高峰。萨拉不仅专业，而且十分敬业，事无巨细，考虑得很周到，这是发自母国的文化基因使然。

"不是说今早由凯西引导我们去见格林先生吗？"

萨拉摇摇头，叹了口气说："她今天有点儿事，居家办公。"

HSBC公司的办公时间是自主弹性的，也就是说，你今天的工作是居家还是到岗，自己定，上班时间也可以弹性，早来早下班，晚来晚下班。

"会不会有人钻空子偷懒？"我本能地发出疑问。

"HSBC公司的文化出发点是相信人是诚实的。"萨拉说。

凯西是一个黑人女性，丈夫却是地道的白人，丈夫似乎没有正式的工作，很懒散，凯西既要上班又要承担家务。萨拉摇头说："这种婚姻方式让人弄不明白！我们这个接待全球人员的国际部真的需要全心投入工作，她这么弄让我很难调度。"

"你可以向领导反映啊。"我建议。

"我曾经说过，最近领导却明确提醒我要尊重文化、注意方式，并计划让我参加领导力提升培训。"萨拉说。国际部领导是一个法国人。

"明明你是对的，领导怎么可以这样判断。"我也弄不明白。

"Anyway（无论如何）！"萨拉话转正题，"等会儿你们去见董事长，属于礼节性见面，聊聊天而已，没有什么框框。"

这些我们知道的。

"但是啊，稍稍提醒一下，关于格林先生过去的重大投资决策，最近媒体和民间有些非议，咱们还是尽可能不涉及。"萨拉说。

格林先生当选董事会主席后，在体制架构上进行了改革，以焕发这个布局全球的金融巨头的活力，他同时也主导了几个重要投资，其中一项曾经让他津津乐道，并被列为顶级商学院的教学案例——收购一家房地产金融公司，只派出两个人，不久就让公司经营状况反转，公司估值翻番。问题是当下房地产市场逆转，这家公司已经成为集团的一大麻烦，他也因此受到董事会和股东的质疑，压力很大。

按约定的时间，我们坐电梯登上大厦的高层。格林先生身材修长，很有绅士风度，在了解我们的学习情况后，引导我到明亮的落地窗前，一览伦敦城的风景。伦敦曾经被称为雾都，工业污染曾让空气成为乳白色甚至深灰色，不过，眼前阳光明媚，风景宜人，连几公里外的旧金融城也清晰可见。

格林先生说，我们立足的新金融城建在曾经的金丝雀码头上。英国港口曾经是世界贸易的集散地，金丝雀码头是伦敦出色的码头，是不夜码头，但自20世纪60年代始，由于海运事业的萎缩以及航运公司需要寻找更大的深水港口，金丝雀码头日渐衰落。80年代撒切尔夫人执政时期，伦敦市政府将这里建成了金融区，创造了18个月内建成7.5座高楼的奇迹。

我脑子里闪现出中国的诗句："沉舟侧畔千帆过，病树前头万木春"，世界日新月异。穿梭于金丝雀码头的摩天大楼之间，你不仅感受到世界金融中心的魔力，也能感受到各色各样的压力。街头上一块交通指示灯仿佛一棵树，朝各个方向布满了红绿灯，稍不留神就会走错道路，金融家和金融公司何曾不是如此。有的时候，进入金丝雀码头区域的汽车都要接受警察检查，因为一些民众将金融危机的根源归结为金融家的自私和贪婪，甚至喊出"Kill bankers（杀死银行家）！"的口号。

格林先生没有谈论这些问题，而是满怀希望地展望全球化的未来，他说，一个东方古国正在复苏，那里蕴藏着巨大的机会，HSBC集团要在高峰之上再进一步，必须深耕中国市场。

伦敦地铁

　　在伦敦坐地铁买车票是有讲究的，有单程票、全天票、月票，还有家庭票。我们从约克郡来伦敦，先到维多利亚站，然后坐地铁到郊区，再转公共汽车，去中国大使馆为留学生提供的旅馆。傍晚，出地铁站时，我妥妥地买了一张可全天使用的家庭票，供明天使用，更便宜一些。

　　第二天一早，我们开始游览伦敦。先坐巴士，再坐地铁。进站是不用验票的，到了市中心的一个地铁站，刷卡，然而却出不了站，显示是无效票。怎么可能？

　　于是找穿制服的工作人员，问他昨天傍晚买的家庭票，怎么会无效？对方试了一下，果然，他耸耸肩，摊开手说，应该是过期了。再查，说，你昨天傍晚买的是昨天的票。好糊涂！是我的错。但我当时分明是要买第二天的票，我让这个英国人从逻辑上推理一下，我怎么可能在下午6点钟买一张当日的家庭票？又找出昨天使用过的家庭票，我知道这解释不一定有效，错误在我，其实是死马当作活马医。

　　工作人员说，不急，不急，我去值班窗口沟通一下。沟通居然有效！

英国人递给我一张新票，当天的家庭票，放心使用吧！他很绅士地摆摆手，说：Have a nice day（祝你今天愉快）！

当时心情很好，真的是有英国绅士啊！

逛了摄政街，看了白金汉宫后，我们想去看看著名的伦敦塔，于是又进了地铁口。商业中心的人流明显增多，上下车行动也要迅速些，我们匆匆赶这班地铁时，车快要启动，一个金发碧眼的男青年和他的朋友主动用手挡住车门，让我们安全地上车。我又一次感到温暖，点头并口头致谢。

车厢里人明显多些，女儿抱着她妈妈的腰站在靠车窗的位置，我则站在中间的立柱旁，右手抓着吊环。挡门的那个青年和他的朋友站在我的旁边，我瞟了一眼，他中等个头，面貌清秀，穿着整齐的衬衣，西服搭在右手小臂上，形象和人设都很好。某一个时刻，我忽然感觉到一点儿不正常，感觉他与我的距离太近，不符合常规的近，不会是性取向有问题吧？但转念一想，乘车嘛，哪有那么规范。

车停站了，有乘客下车，身边的小伙也下车了，我觉得宽松了不少，于是换左手抓吊环，右手顺势放下，当右手触及裤袋后，我马上意识到，钱包没了！我知道谁干的。

容不得迟疑，我马上就向车外冲去，有人阻挡着我，那是他的同伙，我奋力撞开，冲出去，追上那个正在上台阶的窃贼。

我抓住他的肩膀，厉声说："还我钱包！"

或许愤怒使我的气势有点儿像李小龙，一丝虚怯在窃贼的眼睛闪现，那张脸很诡异、很猥琐！钱包从他的身体滑落到地上，那里不仅有现金，还有卡和证件。我捡起钱包，骂了一句："垃圾！"迅速跑回地铁车厢。车里面，妻儿和乘客们看着急匆匆带着怒火的我，诧异或者佩服。

短短时间，我们见证了云泥两端的伦敦人。

妈妈不信邪

真是见鬼了!

出国旅游的前三天，妈妈平地摔了一跤，医生平淡地说：典型的老年人骨折。不菲的旅游费已经交了，怎么办？妈妈说，没关系的，按计划出行!

这次摔折的是左手，两年前右手骨折做大手术接上钢件，她同样出门去旅游，在哈尔滨冰雪世界看冰雕，眼见旁边的人纷纷滑倒，她稳稳行走。旅游是她的酷爱，任何困扰都阻挡不了。再一次打上石膏，用白色纱带吊着左臂，像第二次世界大战时的伤兵，出发，去欧洲!

妈妈学历初中，后来当技术工人，汉字认识不少，但英文只知道ABCD几个字母，我们打趣地说，到外国去，见到"鬼佬"会不会不自在啊？她说，那有什么关系，又不是外星人。我们笑着说，既然出国就应该学点外语吧。"拜拜"就是再见，明白吗？"哈啰"就是打招呼，相当于您好。早上好怎么说？good morning念不利索，就说"鼓捣猫腻"。"谢谢您"是比较常用的，英语就是"三克油"，如果说"非常感谢"，就是"三克油喂你妈吃"。妈妈笑得合不拢嘴。

见到"鬼佬"并没有用上这些金句，但一点儿都不影响她的信步天下、周游列国。妈妈且把他乡作故乡，完全没有身在异国的胆怯感。她有极管用的招数，就是点头。人家热情打招呼，她点头；人家让座让行，她点头；甚至人家叽里呱啦与她唠嗑时，也是从容地点头，好像全明白。有一次我们去参观古城堡，把她安放在门口的一个长椅上，她饶有兴趣地观赏来来往往各色人等，其间有不同的人坐她旁边的空位子，她都从容地点头欢迎，以及点头再见，并辅之上海话"再会"。

一路舟车劳顿，年轻人都觉得辛苦。妈妈年届八十，受伤的手处在创伤期，还在肿胀，那一定是很痛苦的，但她绝不喊累喊疼，甚至照相时有意把衣服或者围巾搭盖在左臂上，不让人看到她受伤的状态。年龄和伤痛都浇不灭她看世界的热望，就是不信邪！

入夜，我们会逛逛街，看看闹市，这里满街都是酒吧，"鬼佬"们在饮酒，在听歌，在唠嗑。我天性保守，不喜欢鱼龙混杂的场所，但妻子却说要去体验一下，尝尝鸡尾酒的味道。两人观点相左，处在一比一的僵局，第三票很关键。妈妈说，怕什么，都是吃五谷杂粮的人，还能把咱吃了？去呗！

今儿被安排去看著名的骷髅教堂。教堂不大，在周边回字形的沟渠里，一批人在工作，他们是在挖掘和整理泥土里的人体骸骨。一个30多岁的白人男子特别招人注目，面孔五官本来很端正，甚至算俊朗，但头发却很怪异，一缕缕、一块块像用鼻涕搅和了一样，黏糊糊，乱七八糟地黏在头上。这是多久没洗过头？他完全不理会游客的诧异，很认真地用铲子和毛刷处理手上的白骨，仿佛是一个考古学家。旁人介绍说，这种发型叫"牛粪头"，但美感在哪儿？事实上，看着让人觉得肮脏和恶心。妈妈则见怪不怪，说，中华人民共和国成立前的上海滩好多乞丐就是这个样子的。

这座看起来像加勒比海盗的小教堂，容纳了大量的据说是瘟疫受害者的遗骸。这些骷髅和骨头被重新组合，形成现在的骨吊灯、骨酒杯、骨烛台等装饰品。其中心形吊灯最为奇特，是由一个人几乎全部的骨头组合而成。东西方的习俗差别好大！我们祖辈是农耕民族，讲究入土为安，死人不见天，死者为大。而他们却把逝者骨骼整理、漂白、注色，并摆放出来给人观赏，究竟是怎么想的？

感觉教堂里阴森森的，我催促大家快点从骷髅丛林中出来，晦气，不吉利。有人说，每个骷髅里面都有鬼魂，最好把相机里刚拍的照片删掉！妈妈说，人死如灯灭，留下的不过是一些骨头而已，哪有什么鬼魂？

简的爱

这不是在写小说，去虚构一个在《简·爱》主人公的故乡的故事。但这个真事的确发生在英格兰，而且在约克郡。

第一次见到简（Jane）是一个早晨，她开车过来，带我们去郊游。

头一天晚上，妻子对我说，今天认识了一个叫简的女子，华裔。妻子以陪读的身份来到小城不过两天，就有胆量去大学附近的社区逛。她的英语水平处在认识一些单词和说"How are you（你好吗）？"的档次，见到一个妇女中心，她就有兴趣进去看看。在这里她是外国人，当地妇女很友好，而她只能以微笑和"Thank you（谢谢）"应对。这时，简出现了。简是从香港移民过来的，英语和粤语流利。简用带着粤语特征的普通话，一字一句，让妻子明白了这个妇女中心是一个公益性的场所，可以学习插花、画画、保健等技能，全是免费的。然后简说，明天我开车带你们一家人去海边逛逛。

简随车带来了三个孩子，大的是女儿，大约12岁，挺乖巧的。老二是男孩，大约8岁，面孔清秀纯净，但见人不会打招呼，没有规则地走动，简说，这孩子是孤独症患者。简手上还抱着一个婴儿，是个男孩。

我们去的地方是大河的入海口，可以看到一座大桥飞跨两岸，河海相交处，悬崖峭壁，惊涛拍岸，鸥燕翻飞。停车场旁边有一个卖汉堡和饮料的小店，我们进门正商量着买点什么，简的大儿子就直接到柜台里面去，拿上颜色鲜艳的饮料就走。简连连向柜员道歉，说我孩子有点儿毛病，并把钱付上。简然后再三叮嘱女儿，当姐姐的要照顾好弟弟，不能让他乱跑，碰上汽车就不得了。

孤独症儿童被人们称为"来自星星的孩子"，他们没有你的我的、公的私的概念区分，没有对自然和人类的敬畏和戒备，天马行空，随心所欲，所以就一直处于危险之中。简说，政府有政策，可以安排到特殊学校，免费，但她放心不下，怕孩子受委屈，宁愿自己辛苦，也要留在身边。简让我妻子看看她怀抱中的婴儿，说："小儿子不会有问题吧？我好担心的！"妻子十分肯定地说："绝对没问题，您看他的眼睛多机灵，很聪明的。"简露出了欣慰的笑，不过当她用目光去寻找他的大儿子时，一丝焦虑和忧郁怅然升起。

此后，妻子又几次在妇女中心见到简，简朴实善良，待人真诚，热心教我妻子做手工，讲解英文单词，聊天谈心，有时会一起吃快餐。简曾经请我们全家共进晚餐，牛排红酒，对一个留学生家庭来说，这是很高的礼遇。简其实不富裕，一家的收入来源于她丈夫开的一个快餐店，英文名叫Take away，夜晚大学城的街很冷清，其他店铺都打烊了，只有她丈夫独守在小店里，等着可能有的几个顾客。而此时，简则在操持家务和料理三个孩子。

我再次见到简是在深圳，此时我们已经回国几年了。车在宽阔的滨海大道上行驶，简感慨：深圳真漂亮啊！真没想到！这一次是简借回香港看望长辈的时机，特意过来见见我们。大家当然很高兴，我们利用周末时间，陪简畅游深圳，看海上世界，走欢乐海岸，游大小梅沙，吃盐田海鲜，然后依依惜别。

大约三个月之后的一天，妻子拿着一封信，哭倒在我的怀里。信是简从英国寄来的，我打开来看，也禁不住泪流满面。

信是这样写的：

亲爱的莉莉，您接到这封信时，我可能已经不在人世了。上次在深圳见到你们，是我非常幸福的时光，但我回到香港，去做了一次体检，结果五雷轰顶，我患上了肺癌，而且是晚期。我已经回到了英格兰，接受治疗，但已是回天无力。我不甘心！我很不甘心！这就是命运吗？其实我对自己的死并不恐惧，但是我放心不下我的孩子，我的女儿正在成长期，我的小儿子还那么弱小，我那个大儿子心如纯境、茫然无知，没了我他怎么办啊！

奈良的鹿与故乡的鱼

　　京都大阪五日游一般会去奈良，去奈良则要去东大寺，说实话，对大多数游客来说，更多的时间是看看这里的鹿。当年老舍先生游日本，曾写过一首题为《奈良东大寺》的诗，曰："佛光塔影净无尘，几点樱花迎早春。踏遍松阴何忍去，依依小鹿送行人。"

　　这里是鹿的天堂，一出东大寺就见到一只站在路边的小鹿，那对大眼睛浑圆清澈、明亮柔和，虽有期待，但不急不躁。往公园高处走，树林里、草地上，更多的鹿悠哉闲哉。在公园拍照片时，能看到小鹿从容地从人们身边走过，和谐地进入画中，生动有趣。鹿亦以食为天，周边摊位上有专供鹿享用的饼，买几个拿在手里，你就会成为鹿的追逐对象。有食品的诱导，你可以与小鹿共度一段友好时光，一边喂它，一边抚摸它的脖颈。当然，饼吃完后，它又会去追逐其他人，来去潇洒，无牵无挂。原来它恋的不是你，而是你手上的饼。

　　在土地珍贵、人口密集的日本，能有一大片土地让鹿千百年来自由自在地生活，十分难得。当地有一个传说，一个氏族守护神骑着一只白色的神鹿，带着众人迁徙到这里，从此日本人在这里繁衍生息，所以鹿在日本人心目中地位很高。还有人说，古时候奈良有一条法律：杀鹿者偿命。这故事当然不能全信，但是鹿在这儿受到的宠爱与尊敬，却是千真万确的。

这座小山叫若草山，若草即嫩草，春风吹又生的日子，鹿群享用它们最中意的嫩草，在蓝天、白云、青草之间，构成一幅明媚和谐的图画，流淌出一曲自然优雅的旋律。风儿轻柔，呦呦鹿鸣，鸟虫伴唱，其乐融融。都市人来到奈良，远离城市的喧嚣，置身于森林和花草之中，与小鹿近距离接触，不仅让身体愉悦，还能实现心灵的沐浴。

以前见过的鹿，那是关在动物园里的小可怜，它们虽然食宿无忧，没有天敌，但毕竟是困在圈里。我虽然出生在乡下，但很少在野外见到野生动物。饥荒年代，不要说动物，就连河里的小鱼都被人盯上，穷尽办法，让它成为盘中餐。夏天水库常常开闸放水，灌溉农田，收闸之后，水渠里余水之中会有少量鱼虾，我们用泥筑坝，舀尽其中的水，捕捉可怜的几条小鱼。在蛋白质缺乏的日子，这是贫穷中的极致美味。

在第二故乡福建，我却见到不吃鱼、保护鱼、以鱼为神的一个地方。有人这样形容这里的鱼儿："闻人声而至，见人形而聚"，"竞相觅食，彩鳞翻飞"，"温顺如驯，诚如神鱼"，这个地方叫鲤鱼溪。

出周宁县城往西五公里，有一村叫浦源村，村中溪流源于大山，清泉汇聚，五弯六曲，穿村而过。水深及膝，清可见底，鲤鱼满溪，色彩斑斓。

老乡告诉我们，祖辈们立下规矩，在小溪中养鲤鱼，严禁捕捞和伤害鲤鱼。村民们严守族规，代代相传。问其缘由，说是南宋嘉定年间，郑氏一支从河南迁到这里，为防外人投毒，就在溪里放养了鲤鱼。岁月流转，投毒的事件很少发生，但要鲤鱼健康生长，必须保持山水的纯净、生态的良好，绿水青山才是美好家园。多少年来，鲤鱼保护乡亲，乡亲保护鲤鱼，真正的鱼水深情。

与奈良的鹿何其相似，鲤鱼溪的鱼也与人建立了信任与和谐，听到人声、见到人影它们不会受惊吓而逃，而是靠拢过来，摇头摆尾。若投食入溪，鱼儿会欢腾跳跃，浪花飞溅。你甚至可以伸出手入水，鱼儿会温驯地让你抚摸。

两千多年前，庄子与惠子看着一群游动的鱼儿，讨论过"子非鱼，安知鱼之乐？"，未有定论，充满玄机。今天，信步浦源村中、鲤鱼溪畔，我知道鱼是快乐的，我还知道观鱼的人，如我，此时此刻，快乐着鱼的快乐。

在深圳湾眺望

> 你去过斯卡布罗集市吗
>
> 香草、鼠尾草、迷迭香和百里香
>
> 代我向那儿的一位姑娘问好
>
> 她曾经是我心爱的人
>
> ……

我们坐在海伦的宝马车上听这首歌曲，此时正行驶在斯卡布罗的海滨公路上。海伦是我通过留学生寻找Host Family（寄宿家庭）联系上的，通过这个网络平台，英国本土爱心居民如果觉得合适，会给留学生提供几天免费接待。

海伦是一个华裔女性，在社区医院工作，她丈夫是英格兰人，在另一个城市工作。平日二层楼的房子只住着她一个人，陪伴她的是一条黑色的狗。这条狗老且瘸，总是静静地趴在凳子上。海伦在二楼有宽敞的卧室，但为了狗，她在一楼搭了一个铺，每晚睡在这里。狗很安静，但当听到"妈妈给你弄饭""妈妈带你去散步"的话时，会由喉咙里挤出咿呀的声音，像在对话。

海伦帮我们把行李安放妥，就给狗倒上粮食和水，然后开始为我们做午餐。英国的餐饮简单快捷，吃完汉堡后，她找出一个金属小方盒，说这是很棒的汽车音响。走！伴着音乐开车看风景去。狗狗当然也带上。

海伦说，你们来的时机不错，一是天气好，二是避过了度假高峰期人潮。天气不好的时候，城市阴沉沉的，海滨公路常常被海浪侵扰。我们问起斯卡布罗集市，她说，其实集市与其他地方差不多，但因为那首歌而闻名世界，很美的歌。人们夏天蜂拥而来，不仅仅是因为歌，还有斯卡布罗的温泉、古堡、阳光、沙滩、海浪。

海伦在一个观景点停下车，这是欣赏斯卡布罗的好地方，一边是伫立在山头的古堡残垣断壁，一边是惊涛拍岸的白色悬崖。街巷位居海滩背后的山地上，城堡比城区高出许多，高低错落，如一幅古朴雄浑的画卷。

我们登上斯卡布罗城堡所在的高地，观赏这座小城与其他海滨城镇不同的美。城堡坐落在一座突入北海的孤山上，被南北两个宽阔的海湾夹击。南边有桅杆林立的游艇港口和英伦风格的老城建筑，北边有连绵的沙滩和翻卷的白浪。一条滨海公路如丝带般飘向远方，融进北边云遮雾罩的山崖里。再往远，就是吸血鬼的老家惠特比镇，也是约克船长的故乡。

100多年前，斯卡布罗因为英国工业革命而处在鼎盛时期。海伦说，你看那长长的月台、高耸的钟塔、车站对面气派的老剧院……这远非当年英格兰其他渔村小镇可比的。这里有最早的温泉度假区，有通往伦敦的铁路，有蓬勃的造船业。遥想当年，清晨，千帆竞发，涌向北海，那是何等的生机。

海伦汽车里播放的歌曲《斯卡布罗集市》，是民谣、摇滚音乐家保罗·西蒙创作和原唱的，丝丝的温柔、轻轻的怀旧、淡淡的凄美、浅浅的惆怅，演绎出20世纪60年代人们的迷茫、彷徨和酸楚的情绪。

想去斯卡布罗集市怀旧吗？海伦知道我们的心愿，驱车前往。出乎意料的是，眼前的市场格局整齐、空旷且略显萧条。一楼是花草、果蔬和鱼肉市场，只有三三两两的本地人光顾。二楼有大大小小的工艺品店，吸引着游客，但卖的都是一些木雕之类的小玩意，大多数是Made in China（中国制造）。往地下层走，则可以看到一些旧书店、古董店和一些稀奇古怪的小铺子。买上一两件，算是个纪念。

海伦告诉我们，她的祖先是从中原南下的客家人，再由广东"下南洋"，漂洋过海到马来西亚，然后她又远嫁英格兰，辗转来到这个滨海小城，像一片随风飘飞的树叶。我们不了解这些迁徙的起伏跌宕和他们的心路历程，没有深入了解她的婚姻、家庭和情感，但是从她偶尔吐槽当下的杂乱和推崇原乡的平和、安宁和友爱中，可以感觉到她心里隐约的不安和愁绪。

十几年后的今天，我在深圳湾畔，听着另一个版本的《斯卡布罗集市》，这是莎拉·布莱曼在歌唱。月亮女神的天籁之音，空灵，纯净，透彻，无边无际的空间梦幻。原本惆怅的音乐，被塑造成对爱的怀念，深情而凄婉，寂寞而敏感，脆弱而执着，如泣如诉，如痴如醉，让我想起曾在那个滨海小城见到的海伦。

海伦历经长长的迁徙，从这个海滨漂到遥远的另一个海滨，而我，则从山那边到海这边，从原始的乡村到喧嚣的都市，从简单的空间到多维的世界，都有起起落落的人生轨迹，都有苦辣酸甜的心路历程，同是天涯沦落人，相逢何必曾相识？记得当年分别时，海伦向我张开双臂：Come on, dear! Don't be shy!（亲爱的，快来！不要害羞！）

深圳湾畔海浪拍岸，远方水天一色。抚今思昔，走过的路、经过的事、见过的人，如海潮般层层叠叠，由远及近又由近及远。耳边响起唐跃生写的歌，彭振赋予缠绵的旋律，徐霞深邃深情地演唱，正合我此刻的心境：

在深圳湾眺望，我看见未来碧波荡漾

走过的路就是方向，我想要的你在我身旁

在深圳湾眺望，我听见白云轻声歌唱

明天的我没有忧伤，你想要的我在你身旁，在你身旁

……

出版人：

龙建涛

责任编辑：

林洁楠

装帧设计：

任　敏

图书在版编目（ＣＩＰ）数据

在深圳湾眺望 / 胡艳超著. -- 深圳 : 深圳报业集团出版社, 2025. 3. -- (深圳文典). -- ISBN 978-7-80774-139-8 (2025.6重印)

Ⅰ. I267

中国国家版本馆CIP数据核字第20256CR569号

在深圳湾眺望
ZAI SHENZHENWAN TIAOWANG

胡艳超 / 著

深圳报业集团出版社出版发行
（深圳市福田区商报路2号　518034）
深圳市和谐印刷有限公司印制
新华书店经销

开本：889mm×1230mm 1/32
字数：190千字
版次：2025年3月第1版
印次：2025年6月第2次印刷
印张：7.75
ISBN 978-7-80774-139-8
定价：58.00元